Joesi Prokopetz

Vorletzte Worte

joesi
prokopetz
vorletzte
worte

teil 1–4

Ich bin neugierig,
was ich gleich sagen werde.
(G. Marx)

AMALTHEA

Besuchen Sie uns im Internet unter:
www.amalthea.at

© 2014 by Amalthea Signum Verlag, Wien
Alle Rechte vorbehalten
Umschlaggestaltung: Elisabeth Pirker, OFFBEAT
Umschlagfoto: Alfred Pany
Hintergrund: iStock.com
Lektorat: Martin Bruny
Satz: VerlagsService Dietmar Schmitz GmbH, Heimstetten
Gesetzt aus der 12,75/16 Pt Arno
Printed in the EU
ISBN 978-3-85002-898-1

»Vorletzte Worte?«

»Ja.«

»Warum denn vorletzte?«

»Das letzte Wort hat immer meine Frau.«

INHALT

TEIL 1

Im Anfang war das (vorletzte) Wort.

Selbstverständlich ist es ein koketter Titel.
Eine plumpe Anspielung aufs Alter.

Aber bitteschön, ich bin 62.

Jaja, wird gesagt, kein Alter. Was heißt »kein Alter«? Was ist denn dann »ein Alter«? Jedes Alter ist ein Alter, und gerade das Alter ist ein Alter, und »so und so viele Jahre *jung*« ist abgeschmackte Redensart. Auch wenn man jung ist, hat man schon ein Alter. Und diese Zwangsneurose, aus Alt das neue Jung machen zu wollen, ist doch nichts anderes als Betrug in alle Richtungen. Kaum ist man geboren, hat man schon ein Alter.

Ist so.

Und an »kein Alter« wird häufig hinzugefügt: »Das sind die besten Jahre.«

Wenn man in den *besten* Jahren ist, hat man die *guten* bereits hinter sich.

Es wird – egal, wie alt jemand ist – ständig von irgendwelchen »Jahren« gemeinplatzt.

Die ersten Jahre, die schwierigen Jahre, die blöden Jahre, die Flegeljahre, die wilden Jahre, die schönsten, die guten, die besten, die goldenen und die letzten Jahre. Und spätestens ab den besten Jahren ist man in einem Alter, wo man auf der Stelle tot umfallen kann. Oder täglich eine irreversible Diagnose gewärtigen muss.

Darum eben »vorletzte Worte«.

Vorletzte Worte sind nicht so heikel wie letzte. Und werden auch nicht überliefert. Selbst, wenn die vorletzten Worte durchaus auch die letzten sein könnten.

Man kommt in ein Gasthaus, die Kellnerin fragt: »Was krieg'n S'?«

Und sagt darauf: »Ka Luft.«

Dann denkt die doch: Da kommt noch was. Das sind doch keine wirklichen letzten Worte. Aber wenn doch nichts mehr kommt? Letzte Worte sind meist überbewertet. Niemand würde sie aufgeschrieben und publiziert haben, wären sie eben nicht tatsächlich die letzten gewesen. Ich bin überzeugt, die Chronisten, die um das letzte Lager von Kant gestanden sind, haben nach »Es ist gut« noch auf etwas gewartet. Und weil nichts mehr kam, haben sie nolens volens dieses »Es ist gut« nehmen müssen; und seither geheimnist nicht nur die philosophische Welt alles Mögliche hinein. Hätte Kant danach noch gesagt: »Nicht jeder Imperativ muss gleich ein kategorischer sein«, kein Mensch hätte auf »Es ist gut« einen Pfifferling gegeben.

»Es ist gut.«

Nebbich.

»Mehr Licht.«

Pah.

Die gewissermaßen ursächlichen letzten Worte von ganz gewöhnlichen Sterblichen werden zum Beispiel in den meisten Fällen überhaupt nicht aufgeschrieben, geschweige denn überliefert. Obwohl sie durchwegs unter »berühmte letzte Worte« fallen, aber eben nicht, weil sie von Personen des öffentlichen Lebens stammen, sondern diese immer wieder von Hinz und Kunz gesagt werden und wurden.

Zum Beispiel: »Da weiß ich einen Abschneider.«

»Aber Schatz, für das brauch ich doch keinen Elektriker.«

Oder: »Nur über meine Leiche.«

Sie bleiben vollständig unerwähnt, weil sie keine literarische oder philosophische Dimension haben.

Aber es gibt letzte Worte, die, wären sie die vorletzten gewesen, kaum übertroffen hätten werden können. Und wer weiß, vielleicht waren es sogar auch die vorletzten.

»Ich sterbe, wie ich gelebt habe – über meine Verhältnisse.« (*Oscar Wilde*)

»Letzte Worte sind für Narren, die noch nicht genug gesagt haben.« (*Karl Marx*)

Oder Groucho Marx, der seine letzten Worte mit vorletzten angekündigt hat: »Ich bin neugierig, was ich gleich sagen werde.«

Da wussten alle, es kommt noch was.

»Mein Gott, er stirbt«, schluchzte da vielleicht eine Dame.

Und dann kam es schon: »Sterben meine Liebe? Also, das ist ja wohl das Letzte, was ich tun werde.«

Ich muss sagen, es hat etwas Beklemmendes, etwas zu schreiben, das »Vorletzte Worte« heißt, nämlich deshalb, weil sich stetig der Gedanke in diesen gewissermaßen inneren Monolog drängt, wann man denn mit so einem Text aufhört. Wann kommen wirklich die vorletzten Worte, um die letzten einzubegleiten? Hört man auf, wenn sich dramaturgisch ein passender Schluss ergibt, oder hört es sich von selbst auf, weil einfach Schluss ist? Der Tod ist oft ein Ende mitten im Satz. Das macht nervös.

Mich hat das Schreiben immer schon nervös gemacht. Die letzten Jahre allerdings behelfe ich mir mit Beruhigungstabletten, um bei der Arbeit gelassener zu sein und nicht bei jedem Satz bis zu seinem Ende die Luft anzuhalten und dadurch völlig verquer zu atmen. Das geht mittlerweile so weit, dass meine Frau jedes Mal, wenn ich neurotisch die Luft anhalte, mich mit unangenehm erhobener Stimme und in forschem Tone ermahnt: »Atmen!«

Worauf ich zusammenzucke und vor Schreck kurz eine hysterische Schnappatmung einsetzt.

Ich atme ja auch schon, wenn ich nicht schreibe, verquer, was mir gar nicht auffällt, doch meiner Frau »Sorgen macht«, wie sie sagt. Ich denke aber, es geht ihr in erster Linie auf die Nerven. Mit zunehmendem Alter bemerke ich selbst, dass ich langsam immer mehr Eigenschaften entwickle, die angetan sind, meinen Mitmenschen auf die Nerven zu gehen. So wie mir ja alles Mögliche an anderen Menschen auf die Nerven geht und immer schon auf die Nerven gegangen ist. Zum Beispiel, wenn jemand nicht in der Lage ist, im Gespräch ganze Sätze zu bilden, ständig »ääh« oder alle Augenblicke »nicht wahr?« sagt und nach jedem zweiten Wort ein »sozusagen« einfügt.

Rhetorisches Standgas, wie man sagt.

Wenn man einem Österreicher zum Beispiel ein paar mehrsilbige Wörter entlocken kann, einer einen geraden Satz herausbringt und womöglich noch den Konjunktiv richtig gebraucht, *warat* er schon suspekt. Kaum ist in Österreich einer gescheit, heißt es: »Das ist ein Trottel.«

Der Österreicher hat von nichts eine Ahnung, kann aber alles erklären. Zu nichts zu gebrauchen, aber zu allem fähig.

Und es gibt noch viele andere Dinge, die mir selbst bei nächststehenden Menschen maßlos auf die Nerven gehen.

Zum Beispiel ein – Gottlob weitschichtiger – Verwandter, der sich einen Apfel in vier Spalten schneidet und jede einzelne dann geräuschvoll knatschend kaut, wie ein Pferd, das eine Karotte frisst oder so etwas. Da möchte ich ihm jedes Mal mit einem armdicken Birkenast auf den Rücken schlagen.

Das Eitle, das ich zeit meines Lebens in und an mir hatte, ist im Laufe der Jahre doch etwas in den Hintergrund getreten, aber nach wie vor spürbar für mich und nach wie vor merkbar für meine Nebenmenschen vorhanden. Dennoch spüre ich mit Genugtuung, dass sich meine Eitelkeit durchaus wohltuend in Richtung Selbstironie entwickelt. Diese wachsende Tendenz zur Selbstironie geht Hand in Hand mit zunehmendem Lebensekel und vor allem mit Misanthropie.

Die Anzahl der Menschen, denen ich ohne Befangenheit mit positiven Gefühlen, Wertschätzung und, wenn man so will, mit Liebe entgegentreten kann, verringert sich rapide. Besonders Menschenansammlungen, wo immer sie auftreten, fliehe ich geflissentlich, denn ich habe immer die Vision von Milliarden Kakerlaken, die in unnachvollziehbarer Geschäftigkeit hin und her rennen, hintereinander, nebeneinander, übereinander. Und es widert mich an. Vor allem widert es mich an, wenn sich der Eindruck einstellt, dass auch ich nur eine Kakerlake unter Kakerlaken bin.

Darum renne ich weg – oder besser: gehe gar nicht hin, wo es Sonderangebote gibt oder irgendwelche *Stars* oder *Sensationen* zu begaffen sind.

Die Entanimalisierung unserer Spezies war ein langer, schwieriger Weg und ist noch nicht abgeschlossen.

Ein Psychiater hat mir einmal gesagt, dass hysterisches Fan-Sein, egal wovon, ein Anzeichen von latentem Schwachsinn sein kann. Übertriebene Religiosität auch. Und übereifrige Tier-, ja sogar Kinderliebe.

Das kennt man doch, dieses Dalken mit Kleinstkindern und oft völlig entrücktes Vortäuschen, dass man den Verbleib des betreffenden Kindes nicht weiß, indem man es in blödsinnigem Tone fragt:

»Ja, wo bist denn du?«

»Ja, wo bist denn du?«

»Ja, wo bist denn du?«

Und dann im Tonfall, als machte man die Entdeckung des Jahrtausends: »Ja, da bist du ja!«

Oder auch das debile Behaupten, man wisse über die Identität des betreffenden Kindes nicht Bescheid:

»Ja, wer bist denn du?«

»Ja, wer bist denn du?«

»Ja, wer bist denn du?«

Hier bleibt die Auflösung meist aus, und das arme Kind ist sich deswegen selbst ein Leben lang fremd.

Untermauert und vor allem verstärkt wird dieses Sich-selbst-Fremdsein, wenn das Kind die ersten Schritte macht und dann häufig mit der Frage eines völlig losgelösten Erwachsenen – man muss sagen: meist einer Frauensperson – konfrontiert wird:

»Ja, wer kommt denn da?«

»Ja, wer kommt denn da?«

»Ja, wer kommt denn da?«

Oder auch: »Ja, wer kommerlt denn da?«

Oder in schweren Fällen, die im Grunde stationär behandelt gehörten: »Ja, wer dommerlt denn da?«

Oder auch nur, wobei zwischen Kleinstkindern und etwa Hunden dann kein Unterschied mehr gemacht wird, ein schlichtes: »No, freilich.«

Die Schlauheit des Fuchses besteht zu 50 Prozent aus der Dummheit der Gänse.

Ich bemerke jetzt, wie die sechs Milligramm Bromazepam, der Wirkstoff in meinen Beruhigungstabletten, ihre segensreiche Wirkung zu entfalten beginnen und werde gelassener, atme entspannter, und das Gefühl, in Watte gepackt zu sein, beginnt. Früher habe ich meist ausreichend Haschisch geraucht, aber ich muss heute sagen, dass die Segnungen der offiziellen Psychopharmazie eine weit umfassendere Wirkung haben.

Aber damals war ich ja aus den sattsam bekannten Gründen (»Alles Schweine!« »Was kränkt, macht krank!« »Schergen des Kapitals!«) auf Ärzte und Apotheker böse.

Heute?

Heute ist eine Ordination mein Tempel, und mein Hausarzt ist der Papst.

Ich weiß nicht mehr, wann genau es mir aufgefallen ist, vor knapp zehn Jahren vielleicht, dass ich nur von *älteren* Menschen – wie man euphemistisch sagt – umgeben bin. Wenn man *älter* ist, ist man *alt* schon gewesen. Ich sehe *alte* Menschen. Sie sind überall. Vielleicht ist das deswegen so, weil ich – unbewusst – nur Orte aufsuche, die von jungen Menschen gemieden werden, und ich den Örtlichkeiten fernbleibe, wo junge Menschen sein könnten. Denn ich kann junge Menschen kaum ausstehen. Die pubertierenden Laffen schon sowieso nicht, und auch ihre häufig bereits in jungen Jahren bedenklich verfetteten Begleiterinnen nicht, die alle so einen Blick haben, als wäre ihnen das ganze Universum fad, weil sie es schon in- und auswendig kennen. Wenn sie in so hergestellten Posen einer völlig künstlichen Gelassenheit herumlehnen, im Uniformierungschic: goldene Glitterschuhen, eng anliegende Jeans mit Gesäßapplikationen und opulent überschminkt. Wenn die Burschen herumstehen mit ihren Fahrrädern oder mit wie Hornissen ratternden Kleinmotorrädern in ebenfalls uniformer Markenware, den Hosenbund bei den Kniekehlen, und Blödsinn reden, voll Unsicherheit, weil sie sich selbst peinlich sind, auf patzige Art Virilität vortäuschen und maskulin vor sich hin glotzen, dann könnte ich mich auf der Stelle geräuschvoll übergeben.

Die Menschen reiferen Alters, die sich vordergründig devot, ja beinahe katzbuckelnd der »Jugend« anbiedern, alles verstehen, alles entschuldigen und in lächerlicher Unterwerfung gewissermaßen sogar den Jargon der Halbwüchsigen annehmen, sind ganz besonders entsetzlich. Weil sie von den Jugendlichen verachtet werden, ihnen peinlich sind, diese die Augen verdrehen, wenn ein Endvierziger »cool« sagt, um sich einzuschleimen. Die wissen das auch, aber dennoch – um Lebendigkeit zu empfinden, sich wichtig zu machen und um die Angst und den Selbstekel vor dem Älterwerden zu kompensieren – drängen sie sich weiterhin aufs Dümmste auf.

»Mit jungen Leuten reden, führt zu nichts, wer das Gegenteil behauptet, ist ein Heuchler, denn die jungen Leute sagen den Älteren und Alten nichts, das ist die Wahrheit; es ist absolut uninteressant, was junge Leute alten Leuten sagen.« (*Thomas Bernhard, »Holzfällen«*)

Genauso schlanke oder gar dünne alte Menschen, die ihre von Verzicht und Entbehrungen aller Art gezeichneten Schrumpfköpfe mit groteskem Stolz über ihren Schildkrötenhälsen tragen. Der ältere Mensch hat sich für die Korpulenz zu entscheiden, um nicht lächerlich zu sein oder sterbenskrank zu wirken.

Aber auch die kantigen, akkurat frisierten 30- bis 40-Jährigen mit den zu engen Sakkos, die alle Event- oder Projektmanager sind oder gewöhnliche Bankangestellte, sich aber Banker nennen, oder zumindest »was mit Computer und / oder Internet machen«, und deren Begleiterinnen im »Business-Outfit«, die dezent, aber vorteilhaft geschminkt, mit festem Schritt in ihren High Heels sich selbstbewusst

pampig machen, jedes zweite Wort als imbezilen Anglizis-
mus im Mund führen, aber Andreas Gabalier sexy finden,
sagen, er hätte »einen süßen Po« (dabei hat er einen Orsch
wie ein Brauereipferd in seinen Faschisten-Lederhosen),
und schon mal ein Dirndl tragen, »zum Spaß und wenn's
passt«, auch die sind unerträglich und widerwärtig.

Und erst die 20- bis 30-Jährigen mit schütterem Bart-
wuchs, ausgezerrten Leibchen mit irgendeinem Aufdruck,
zerschlissenen Samthosen und abgehatschten Schuhen, die
alle politisch überkorrekt sind und in ihrem Toleranztaumel
alles verstehen und alle und alles entschulden, und wenn sie
rauchen, dann Selbstgedrehte, mit ihren Begleiterinnen, die
ungeschminkt, stets zumindest leicht entrüstet über irgendetwas, in flachen, oft derben Schuhen, mit einem Rucksack,
immer ein bisschen verschwitzt, daherkommen, die sind
mir auch unerträglich und widerwärtig.

Und alle reden sie so ein affiges, nasales Hochdeutsch,
das, doch durchmischt da mit einem Dialekt-, dort mit
einem Kraftausdruck, dennoch so naseweis wie arrogant
daherkommt, dass man ihnen eine hineinhauen möchte,
weil es so unerträglich und widerwärtig ist.

Es ist mir heute, mit über 60, kaum möglich, mich mit
Menschen unter 50 ersprießlich zu unterhalten, weil ich die
durchschaubaren Attitüden jüngerer Leute kaum ertrage.

Klar, das liegt an meinem Alter.

Das Verhältnis zu jungen Menschen ist und bleibt, trotz
dieser Erkenntnis, dennoch ein ambivalentes.

Zum Beispiel in Bus oder U-Bahn: Ein junger Mensch
sitzt und man sagt: »Willst du nicht aufstehen?« Und
bekommt zur Antwort: »Lieber nicht, nachher setzen Sie

sich vielleicht auf meinen Platz.« Oder der junge Mensch sitzt und man selbst steht so nah bei dem Sitzenden, dass man Augenkontakt hat.

Bleibt er / sie sitzen, denkt man: »Rücksichtslos. Frechheit. Unerzogen. Arschloch.« Steht er / sie aber auf und bietet höflich den Sitzplatz an, denkt man: »Was glaubst denn du? Hältst du mich für senil, Rotzpippn, blöde?« Und sagt vielleicht sogar noch, besonders, wenn der junge Mensch weiblich ist: »Um Gottes willen, Fräulein, ich steh gern, ich bin eh erst drei Monate gesessen.« Und wenn das junge Ding dann maliziös lächelt und einen ob dieses alten Kalauers angeödet anschaut, schickt man schnell ein sachliches »Ich steig die nächste eh schon aus« nach.

Und steigt tatsächlich aus, obwohl man noch vier, fünf Stationen zu fahren gehabt hätte. Steht dann blöd herum und denkt, während man auf die nächste U-Bahn wartet: »Gurk'n blöde, keinen Humor.«

Ich war ja auch nicht besser. Ich mochte die Alten nicht, ich verstand gar nicht, wozu man sie überhaupt braucht, und die Alten mochten mich auch nicht. Alles, was ich damals mit Tausenden Jugendlichen zusammen tat, um anders zu sein, neue Ausdrucksmittel zu finden, individuell zu sein, unverwechselbar und obstinat, war rückblickend nichts Neues. Alle großen Bewegungen und jeder Konsens einer neuen Generation sind letztendlich doch nichts anderes als das, was sie schon immer gewesen sind: unterschiedliche Masken des gleichen Konformismus.

Weil ja die Rede gewesen ist von jungen Business-Schnepfen, die schon auch gern mal ein Dirndl anziehen: Es gibt einen Trachtenboom! Ja, die »Pro*mmmis*«, die VIPs, die Jeunesse dorée, die In-Crowd, die Bussiness Class, die First Class sowieso und jetzt auch die Economy tragen gerne mal Tracht, hüllen sich in trächtigen Look, wie man sagt.

»Landlust« nennen das die Manager des Volkstümlichen, und freuen sich, dass auch junge Menschen, die vermehrt und freudig zu Konzerten von rot-weiß-gewürfelten Hemden tragenden Musikgruppen gehen, ab und an »Juhuii, auf geht's« kreischen.

Das gesamte Genre wäre »ideologiefrei« geworden, sagen die Großverdiener in den Lodenhosen und freuen sich.

Konträr.

Das Tragen von Tracht ist noch immer – wenn da und dort vielleicht auch eine unbewusste – Einladung zu Blut und Boden, stringentem Katholizismus, tumbem Nationalismus, ja Nationalsozialismus. Tracht ist, auch wenn sie von auffälligen Modedesignern jetzt neu erfunden und in der PR mit dem *tone of voice* der Haute Couture angepriesen wird, eine Uniform, und alles Uniforme ist engstirnig, konservativ, herrenmenschlich und in hohem Maße suspekt. Die Tracht und alles, wozu man sie trägt, sei es »künstlerisch«, weidmännisch oder gar politisch, ist nonverbale textile Ideologie. Ist ein Signal heimatkundlichen Wegschauens, ein Wink zur Verharmlosung, zu Kleinbürgertum und Vernaderung. Sogenannte schöne, reiche oder zumindest wohlbestallte (Groß-)Bürger machen den Trachtentrend gerne mit, ja tragen ihn ins Volk hinaus, wobei zu sagen ist, dass sie es auch mitmachten, wenn Eisenrüstungen der letzte Schrei wären.

»Eine Eisenrüstung kann man ruhig einmal anziehen. Ich finde, das ist eine lustige Mode, und schließlich haben die österreichischen Ritter sie auch getragen. Warum soll man eine heimatliche Tradition nicht wieder aufgreifen?«

Im Dirndl und in zünftiger Lederhose kann man nur Oberflächlichkeiten austauschen und sich gegenseitige bereits vorvereinfachte Standpunkte bestätigen. Dazu wird volkstümliche Musik mit lebensbejahenden Texten gehört, weil es gut dazupasst, es wird Bier getrunken oder Wein vom Weingut mit hohem Bekanntheitsgrad, Brezen und fettes Schweinefleisch gegessen, und alle haben eine »Gaudi«. Oder gar eine »zinftige Hitt'ngaudi«. Unbewusst, aber freudig, wird mit den niedrigsten Gedanken Heimat hergestellt. Darum tragen – aus gegebenen Anlässen – auch Politiker immer wieder gerne Tracht, zum Zwecke der Mehrheitserschleichung.

Tracht. Der Stoff der Heimat.

Heimatliche Stoffe, von Loden, Leder, Wolle über Drillich bis zum Filz. Die Tracht ist vor allem bei Vorkommnissen volkstümlicher Natur identitätsstiftend. Da wirbelt der rot-weiß-rot gewürfelte Rock, da fliegt die grüne Schürze, luftig umspielt von rosaroten Bändern und Maschen, da wogt das spitzenumzingelte Dekolleté, da dirndelt es reihum beim Volkstanz, wenn Alabasterarme aus Puffärmeln herausragen und schon auch einmal trotzig in die Hüften gestemmt werden. Der Fuß im samtenen oder wildledrigen flachen Schuh mit der von Hand gehämmerten Silberschnalle gleitet bodenständig ballettös über die knorrigen Dielen des Tanzbodens, und dann und wann entschlüpft ein Jodler der mit einem aufwendig bestickten Kropfband betonten Kehle. Da kracht die Lederne, deren Schnalle zuverlässig die wollbestrumpfte Burschenwade nach oben zum Knie hin stramm begrenzt. Wadl verpflichtet, wie es heißt.

Der mit folkloristischen Applikationen durchwirkte Gürtel umschließt die testosteronschmalen Lenden, die vom körpernah geschnittenen Rohleinenblouson noch betont werden. Ein schmuckes, mit Edelweißsymbolik bedrucktes rotes oder grünes Halstüchl ziert keck den feisten Nacken des Landmannes, und die Hirschknöpfe röhren begehrlich. Der Fuß im grob genähten Schuh mit der griffigen Vibram-Sohle steht fest und zuverlässig da, während muskulöse, strapazfähige Männerunterarme die Landsmännin während des Tanzes festhalten.

Insgesamt signalisiert das Trachtenpaar Sesshaftigkeit, Erdverbundenheit und, bei aller latenten Paarungsbereitschaft, unerschütterliches Gottvertrauen. Auch die Damen und Herren aus Wirtschaft und Aristokratie hüllten sich schon immer – und jetzt deutlich vermehrt – in elegant modisch betonte Tracht und tummeln sich in Salonsteirer und Raiffeisensmoking auf Festspielen, Gourmetempfängen, Weinverkostungen und immer wieder auf Wohltätigkeitsgalas.

Mit Tracht ist man immer richtig angezogen, heißt es. Wozu zu sagen ist: Die Arbeitskleidung linker Vordenker ist die Tracht nie gewesen.

Die Ablehnung von Tracht, Volks- und Blasmusik und rücksichtslosem Jodeln kommt wahrscheinlich aus der Zeit meines Lebens, in der ich in der Klosterschule, bei den Piaristen, war, die der heilige Josef von Calasanz gegründet hat.

Die Zöglinge, wie gesagt wurde, fuhren jedes Jahr im Sommer ins Ötztal in den Weiler »Schlatt«, ein Barackenlager, das früher auf irgendeine Art von den Nazis genutzt worden war. Und Rudimente dieses Geistes waren, wenn auch erzkatholisch verbrämt, noch spürbar. Der Tag begann mit Morgensport, dann »Fahneaufzug«, begleitet von dem täglich gleichen pathetischen Gedicht, in dem das Bild »der Sonne funkelnder Ball« vorgekommen ist, wobei in Zweierreihen und Gleichschritt zum Fahnenmast ins Zentrum der Anlage marschiert wurde und vom Heimleiter und Organisator ein vor Frömmigkeit triefendes, ausgedehntes Morgengebet gesprochen wurde. Kommandos wie »Links um, rechts um« und »Hände an die Hosennaht« waren gang und gäbe.

Am Abend, nach einem frugalen Nachtmahl, fand der »Fahneabzug« statt, wo wieder vorgebetet und dann gemeinsam das Lied »Kein schöner Land in uns'rer Zeit …« gesungen wurde.

Jeden Sonntag gingen wir nach Ötzerau (im Ötztal in Tirol) hinunter in die Sonntagsmesse, das Andreas-Hofer-Lied singend und »Wir ziehen über Straßen mit ruhig fes-

tem Schritt und über uns die Fahne, sie flattert lustig mit …«
und: »Lasst die Banner wehen über uns'ren Reihen, alle
Welt soll sehen, dass wir neu uns weihen. Kämpfer zu sein
für Gott und sein Reich, mutig und freudig den Heiligen
gleich …«

Selbstverständlich alle Buben in Lederhosen, weißen
Hemden, weißen Stutzen und »Haferlschuhen«, ange-
führt von Oberlehrer Stejskal mit Ziehharmonika, ebenfalls in Lederhosen, weißem Hemd, darüber einen grünen
Spenzer, die stark behaarten Waden in dunkelgrünen Stutzen und auch mit »Haferlschuhen« an den Füßen. Also
Tracht!

In der kleinen Dorfkirche roch es nach Kuhdung, gegen
den der Weihrauch im großzügig geschwungenen Kessel
nicht ankam. Die Bauern und Bäuerinnen, die – alle in
abgewetzter Tracht – ihre rauen und naturgemäß unmani-
kürten klobigen Arbeitshände gichtig gefaltet hatten, blick-
ten stumpfsinnig entrückt und völlig weltfremd vor sich
hin, beteten und sangen verhalten, stellten angestrengt
Andacht her, die jedoch eher an Ausgeliefertsein erinnerte,
indem sie in duckmäuserisch arglistiger Frömmigkeit ver-
steinerten.

Oberlehrer Stejskal – ein begnadeter Organist, wie es
hieß – ließ stets ein mildes christliches Lächeln um seinen
Mund spielen, wobei er seinen Kopf seitlich neigte und bei
jedem Lidschlag die Augen befremdend lange geschlossen
hielt, was ihm letztlich etwas Satanisches verlieh.

An manchen Abenden saßen wir Buben am Lagerfeuer
und Herr Stejskal erzählte uns etwas über das Herz Jesu und
über unsere »Liebe Frau«.

Ich erinnere mich, dass Herr Stejskal uns Buben oft und gerne übers Haar strich und auch sonst Distanzgefühl manchmal vermissen ließ.

Die Strafe für kleinere Vergehen – lässliche Sünden – wie man sagte, waren Liegestütze über einer bereits angetrockneten Kuhflade. War die Sünde nicht mehr lässlich, sondern eine Todsünde gewissermaßen, wurden Liegestütze über frisch geschissenen Fladen angeordnet.

Man sehnt sich nach Siegfried, dem Trachtentöter.

Es gibt Regionen in Österreich, wo die einheimische Bevölkerung jeden Gast aus Marketinggründen duzen *muss.*

»Griaß di, magscht was trinckchen?«

»Von wo bischt?«

»Gehscht Schiforrrn?«, wird man zum Beispiel in Tirol, kaum betritt man die »Zirbenstub'n«, gefragt. Hier muss das Du-Wort die Bärigkeit des alpinen Lebens unterstreichen und dem Nichtansässigen suggerieren, dass die aufgemascherlten Bauernhaus-Surrogate, die gulaschsuppigen Almhütten und die geschulte, hinterfotzige Bodenständigkeit des Hotelpersonals das typische Tirol sind, das es schon immer gewesen ist. Schon Maria Theresia sprach von »den goaschtig'n Tirolern«. Sie simulieren den stets fidelen, rauen, polternden, aber herzensguten Bergkameraden, der treu wie Gold ist. Die Tiroler sind vom Fremdenverkehrsmarketing bereits derartig indoktriniert, dass sie beinahe glauben, selbst so zu sein, wie man ihnen oktroyiert hat, sein zu müssen.

Sie leben den Mythos Tirol.

Der Tiroler ist voll kommunikativ, vor allem, wenn man ihn nicht anspricht.

Das ist in Kärnten genauso, nur dass Kärnten kein Mythos ist, aber so tut, als wäre es einer. Der Kärntner, vor allem in seiner Ausprägung als Inhaber eines Fremdenverkehrsbetriebes, duzt dich auf eine Weise, die bei aller

Lebensbejahung im Ausdruck keine Nähe aufkommen lässt. Das »Du« des Kärntners signalisiert Geringschätzung, Ablehnung und Distanz. Das »Du« zwischen zwei echten – *lei-los'n* – Kärntnern ist ein ganz anderes als das aus dem Wörthersee gefischte Tourismus-»Du«.

Wenn ein Kärntner einen wie dich – einen Nicht-Kärntner – duzt, dann will er, dass du ein Tretboot von ihm mietest. So ganz verübeln kann man es den Kärntnern jedoch nicht, kommen doch seit vielen Jahren, seit Kärnten chic geworden ist, die Kosmoproleten vor allem an den Wörthersee. Irgendwelche Fatzken, die zu Hause subalterne Unterhilfswürmer sind und spätestens auf der Höhe von Krumpendorf zum »Executive Manager« mutieren, sich die Ray·Ban aufsetzen, um sich dann in den angesagten Lokalen wie die dummen Arschlöcher zu benehmen, die sie sind. Gipfelpunkt ist das alljährliche GTI-Treffen.

Dass sich da ein ambivalentes Verhältnis zum Urlaubsgast entwickelt, ist logisch. Und dass diese Ambivalenz im touristischen »Du« mitschwingt, ist auch klar.

Diese rein merkantile Beziehung des Kärntners zum Nicht-Kärntner bekommt der Kärntner mit der Muttermilch verabreicht.

Viele Jahre ist es her, dass ich die Sommerfrische in Kärnten verbrachte. Ich schlenderte am Seeufer entlang, es war überraschend beschaulich, da duzte mich ein Kärntner und ich mietete ein Ruderboot von ihm. Ich ruderte mit kräftigen, zügigen Schlägen in den See hinaus, wo ich stehen blieb, die Ruder in den Nachen legte, mich der inneren Betrachtung hingab, die Wolken beobachtete, im sanft schlingernden Boot saß und tagträumend Ort und Zeit vergaß.

Ein unsanfter Stoß gegen mein Boot ohrfeigte mich jäh in die Wirklichkeit zurück. Ein anderes Boot, in dem zwei Knaben tollten, hatte mich gerammt. Ich blickte verstört auf, und bevor ich ein Wort sagen konnte, bellte der eine Knabe mit heiserer Fistelstimme zu mir herüber: »Schlei.h di, du Brunzka.hel!«

All das – so scheint es mir heute – liegt im »Du« eines Kärntners, wenn er es zu einem Nicht-Kärntner sagt.

Und trotzdem: Kärnten ist für mich »Udo Jürgens-Land«.

Das mag für viele eine Verniedlichung sein, ich weiß, aber ich werde das prägende Erlebnis nie vergessen.

Ich war 16 Jahre alt und musste im Sommer am Wörthersee Urlaub mit meinen Eltern machen. War das alleine schon eine Zumutung, so kam hinzu, dass meine Eltern mich mit einer – im Rückblick – rührenden, damals für mich aber wirtschaftswunderlichen Nachkriegsspießigkeit als »Erwachsenen« behandelten und mir ständig sagten, mein kindisches Mürrischsein wäre nicht mehr angebracht, könne nicht mehr toleriert werden, sondern wäre, weil man ja kein kleines Kind mehr sei, einfach nur unsympathisch. Wir saßen in einem gepflegten Gastgarten direkt am Wasser, die Mittagssonne lachte mit der ganzen Kraft des carinthischen Sommers auf den Wörthersee.

Die meisten Tische waren von Familien mit Kindern besetzt, es wurde gescherzt, gelacht, man rief sich von Tisch zu Tisch die süßen Sorgen mit den lieben Kleinen zu, schloss Freundschaften, trank schon mal Bruderschaft, die Frauen sprachen über den »Buben« oder das »Mädel«, die Männer – jeder von ihnen mindestens Abteilungsleiter –

unterhielten sich über »den Betrieb«, und es lag diese unerträgliche Seichtigkeit des Seins in der Luft des Sommers 1968.

1968, das Jahr des Aufbruches, der Revolte, der langen Haare, der sexuellen Befreiung. Das Jahr, in dem das Petting neu erfunden wurde. Ich breitete vor meinem Vater gerade meine Karriereplanung als Musiker aus. Schluss mit Schule. Gitarre lernen, einen Song schreiben, mit dem Kopf wackeln und berühmt werden.

Meine Eltern, vor allem mein Vater, erklärten mir, dass meine Pläne völlig blödsinnig wären, ich gefälligst die Schule fertigzumachen hätte, Musiker zu sein nichtswürdig und ich doch jetzt schon beinahe erwachsen wäre und einen anständigen Beruf lernen und ein nützliches Mitglied der Gesellschaft zu werden hätte – und ich möge mich doch hier in diesem Garten, direkt am Wasser, umsehen. Das sei das Leben, die Wirklichkeit.

Und wo ich doch gar nicht singen könne, meinte meine Mutter.

Und dann kam Udo Jürgens.

Wie Lohengrin auf seinem Schwan legte er in einem Motorboot am Steg an, sprang leichtfüßig an Land und hatte ein Mädchen am Arm, das dem »Bravo« entsprungen zu sein schien. Sofort erstarb im Gastgarten, voll mit den nützlichen Mitgliedern der Gesellschaft, jedes Gespräch, denn ein nichtswürdiger Musiker war erschienen. Man hörte auf zu kauen, vergaß zu atmen und starrte Udo Jürgens an. Auch meine Eltern starrten, und meine Mutter sagte vor sich hin, so, als hätte sie eine Marienerscheinung: »Jössas! Der Jürgens.«

Als Udo Jürgens und seine Freundin verschwunden waren, wachten alle aus der Erstarrung auf und gingen zur Tagesordnung über, die aus Genossenschaftswohnungen, Weihnachtsremunerationen, Urlaubsgeld und Pensionsvorsorge gemacht war.

Und dabei war das nur Udo Jürgens. 1968, wo wirklich was anderes angesagt war als »Immer wieder geht die Sonne auf«. Oder gar »Merci Chérie«. Ein Schlagersänger. Wenn da schon alle Erwachsenen in die Hose machten, na was täten sie denn dann bei wirklichen Musikern? Bei den Bee Gees zum Beispiel oder den Small Faces.

Natürlich werde ich Musiker, jetzt erst recht.

Und wenn nicht Musiker, dann beginne ich halt zu schreiben und werde Dichter.

Und darum wird Kärnten für mich immer Udo-Jürgens-Land bleiben, weil ich damals, induziert durch das Erscheinen des Udo Jürgens, beschlossen habe, auch berühmt zu werden. Schon meinem Vater zufleiß.

Auch Salzburg ist ein wenig so, obwohl Salzburg auf seine Art ganz anders ist als alles in Österreich, ach was, in Europa ... auf der Welt!

Die Salzburger machen zwar – vor allem in Salzburg-Land – Tirol insofern nach, als sie das vertrauensbildende »Du« ins PR-Konzept einbauen, jedoch ohne das raue Berggeistertum, das Luis-Trenkerhafte, zu übernehmen. Selbst wenn sie wollten, sie entkämen ihrem »Kulturauftrag« nicht. Die einen haben den Andreas Hofer, die anderen den Jedermann. Aber duzen tun sie dich alle. Und wenn sie dich siezen, dann um zu signalisieren, dass du ganz unwichtig bist. Nur die Kärntner schaffen das auch mit einem »Du«.

Wenn du zum Beispiel in irgendein ORF-Landesstudio kommst, um ein Interview zu geben und einen Auftritt zu promoten, so begrüßt dich die Dame am Empfang mit einem erkennenden Lächeln.

In Salzburg lächelt niemand und kennt dich keiner. Misstrauische Blicke tasten dich nach einem Geigenkasten, einem Fagott, einem Konzertflügel oder zumindest nach einem Taktstock ab und man verweigert dir zunächst den Zutritt.

»*Wer* sind Sie?«

Und du sehnst dich nach dem gönnerhaften »Griasch di« und dem kumpelhaften »Du« in Tirol.

Ich wäre nicht wegzudenken, heißt's ja immer, ohne mich ginge gar nichts. Ich wäre nicht wegzudenken, weil ich so ... Durchschnitt bin ... so mehrheitsfähig ... Bitte, wenn die da oben das sagen, dann wird's schon stimmen. Und wissen Sie was? Mir macht's gar nichts aus, dass ich durchschnittlich bin. Mir fallt's oft gar nicht auf. Aber wenn ich dann in den Nachrichten oder so das Wort »Durchschnittsbürger« oder gar »mehrheitlich« höre, dann fühle ich mich angesprochen. Guter Durchschnitt. Das heißt durchschnittlich, aber auf der richtigen Seite. Ich bin sogar tätowiert, hihi. Wirkt, muss man sagen, direkt ein bissl ... sexy. Sexy ist ja das neue spießig. Menschen wie ich, wir sind die Mitte. Ohne uns geht gar nichts, ohne uns gäbe es gar keine Mehrheiten. Die Gesellschaft funktioniert ja ... haha ... ein bissl wie eine Stripteasetänzerin. Einmal tanzt sie auf dem linken, dann wieder auf dem rechten Bein, aber das Wesentliche spielt sich dazwischen ab.

Mein Arbeitskollege, der Herr Feix, sagt zwar immer: »Die machen doch mit uns, was sie wollen.«

Und ich sag dann immer: »Nein, die machen mit uns, was wir wollen. Die können gar nicht anders. Wir sind die Mehrheit. Und gegen Mehrheiten kann man nicht Klavier spielen.«

Ich mein … wie mein ich denn das jetzt? Wer hat denn zum Beispiel den Stadl, wie der … ding … immer sagt, wer hat denn den »Musikantenstadl« zu dem g'macht, was er ist? Und wer rennt hinter dem Hinterseer auf irgendwelche Almen hinauf und singt dazu auch noch? Und wer kauft sich T-Shirts mit dem roten Kreuz drauf, wo druntersteht: »Ich bin Arzt. Bitte lassen Sie mich durch.« Wer schwenkt denn Feuerzeuge und brüllt »Sierra, Sierra Madre uuuhhh« – und glaubt, Sierra Madre sei ein bewirtschafteter Strand in Mallorca?

Die Nobelpreisträger?

Hör'n S' mir auf! Nein, das sind wir, verstehen Sie? Wir sind das! Die Mehrheit. Oder wer erhält denn den BILLA, den MERKUR, den HOFER, den LIDL und diese Sachen? Wer rennt denn hin mit der herausg'rissenen Zeitungsseit'n mit den Sonderangeboten? Die Damen und Herren G'stopft'n? Die sich den Blumenkohl mit der FLEUROP schicken lassen, hahaha?

Nein … Sie und ich. Die Mehrheit! Und wir sind nicht nur mehr *heit*, wir werden *morgen* auch mehr sein, wahrscheinlich sogar noch mehr.

Die mit dem Durchschnittseinkommen. Und weiß Gott was für ein Einkommen muss man heute gar nicht mehr haben, dass man zum guten Durchschnitt zählt. Aber es ist heute nicht stressfrei, guter Durchschnitt zu sein. Im Gegenteil! Was mach ich denn, wenn ich meinen Job verliere, wenn ich wegfusioniert werde? Was mach ich denn da? Wissen Sie, was ich mach? Kein Auge zu! Vor Sorgen!

Erst gestern hab ich die ganze Nacht keine Sekunde geschlafen!

Vier Mal bin ich aufgewacht!

Aber dann denk ich mir wieder, wenn ich, respektive die Mehrheit, den Job verliert. Geh! Die da oben können die Mehrheit doch nicht hängen lassen, die müssen uns was geben, die müssen uns unsere wohlerworbenen Rechte erhalten! Mindestens zwei Mal im Jahr in den Süden fliegen und sich was Gutes tun. Am Strand liegen, einer neben dem anderen, weil die Mehrheit braucht Platz. Oder nur so dasitzen, Bier trinken und drüber reden, dass man sich schon wieder auf zu Hause freut. Weil ... dahoam is dahoam. Sagt man ja.

Ich schlaf überhaupt generell schlecht. Meine Frau sagt, ich schnarch nur selten. Haha, klar! Ich schlaf ja auch fast nie. Ich lieg oft so da, und mir geht alles Mögliche durch den Kopf. Diese ... diese Fragen, wissen Sie? Wie wird des alles werden? Wo führt des alles hin?

Meine Frau könnt auch wieder einmal das Matrosenfleisch machen mit viel Majoran und Spiralnudeln. Außer essen haben wir ja nichts mehr miteinander, seit ... es uns so schmeckt. Und trotzdem war ich meiner Frau unzählige Male treu. Früher, no, haha! Da war ich ein ... no geh! Was da nicht bei *drei* auf dem nächsten Baum war ... no was! Heute? Geh! Wenn ich heute die Wahl hätt zwischen der Miss World und einem ... Matrosenfleisch ... no, keine Frage. Da krieg ich dann einen Hunger und tät am liebsten zum Eiskasten gehen. Aber dann denk ich mir, nein, das sollst du nicht, das ist so ungesund, und zunehmen tust auch, da bist dann vielleicht nicht mehr sexy. Ich hab eh ein zu hohes Cholesterin, aber ein Obst soll man ja auch nicht essen in der Nacht, das gärt ja wieder.

Dann denk ich mir: Ah was, Cholesterin hin, Cholesterin her, ich esse eine Kleinigkeit, vielleicht schlaf ich dann ein, weil ja der Körper 80 Prozent der Energie zum Verdauen braucht, und die restlichen 20 Prozent müssen ja nach einiger Zeit auch müde werden und einschlafen. Aber dann sag ich mir: Nein, du musst den inneren Schweinehund besiegen ... und dann schiebt sich so ein Schweinehund vor's innere Auge ... aufg'stellt im Speckhemd!

Und dann fallt mir ein, dass der Herr Feix, ein Arbeitskollege von mir, der stark übergewichtig ist und grad noch ein bissl Blut im Cholesterin hat, bevor er *so* dick geworden ist, den ganzen Tag nichts gegess'n hat!

Aber in der Nacht dann immer einen derartigen Hunger gekriegt hat, dass er jedes Mal den Eiskasten leerg'fressen hat, wurscht, was drin war. Der hat dann g'sagt, er hört auf, weil mit der Diät nimmt er nur zu. Aber dann denk ich mir: Ich mach eh eine Bewegung, ich geh eh Nordic Walking. Da zieh ich meine Nordic-Walking-Stutzen an, meine Nordic-Walking-Hose, die Nordic-Walking-Schuhe, den Nordic-Walking-Anorak, setz mir mein Nordic-Walking-Kapperl auf, nimm meine Nordic-Walking-Stöcke, und dann wird eine gute Viertelstunde marschiert.

Wann's Wetter danach ist.

Dann denk ich mir: Wird schon nichts sein, geh bitte, was soll schon sein? Ich bin doch abgesichert, ASVG *und* privat.

Aber ich bin kein Optimist in dem Sinn.

Die Welt liegt am Bauch; und das mit dem Rücken zur Wand.

Wenn schon vorletzte Worte, dann muss man auch über das »täglich Gleiche« ein paar verlieren. Was nach einer längeren Zeit gelebten Lebens zuerst unangenehm auffällt und sich dann sukzessive bis zur Verzweiflung steigert, sind die täglich wiederkehrenden, gleichen Verrichtungen. Man wacht auf, Tag für Tag mit dem gleichen Gefühl, außer man ist krank. Aber selbst diese Abweichung von der letztlich tödlichen Routine ist noch entsetzlicher. Man wacht auf, sieht mehr oder weniger immer den gleichen Raum, in verschärften Fällen auch noch das gleiche Gesicht, riecht das Gleiche, steht auf, wankt – ja, ab einem gewissen Alter wankt man ins Badezimmer –, blickt schlafumflort in den Spiegel und sieht, dass man täglich hässlicher wird.

»Man muss erkennen, dass man ein Alter hat, in dem man sich eine Wedgwood-Vase oder etwas Ähnliches auf den Kopf stellen müsste, um etwas Angenehmes im Spiegel zu sehn.« *(Max Goldt, »Ein Buch namens Zimbo«)*

Dann wäscht man sich, putzt die Zähne, kleidet sich an und so weiter und so fort. Und alle Alltagsadministrationen werden sukzessive anstrengender: das Bücken, um die Schuhe zuzubinden, diese Masche machen zu müssen, wenn einem das Blut ungesund in den Kopf schießt und Atemnot Platz greift, einem schwindlig wird, man eigentlich ärztliche Betreuung brauchte und das ewig Gleiche ungleich schrecklicher ist als in jungen Jahren und das

Banale immer unverschämter das Leben bestimmt. Ich habe zum Beispiel aufgehört, mich nach dem Duschen abzutrocknen, weil es mir aber so was von auf die Nerven geht und vor allem spätestens in den besten Jahren beginnt, mühsam zu werden. Ich dusche, ziehe mir einen Frottee-bademantel an und lege mich eine halbe Stunde hin, bis ich trocken bin. Ist zwar auch immer das Gleiche, aber wenigstens unanstrengend. Heute, morgen, übermorgen – immer die gleichen Bewegungen und Handgriffe, die gleichen diffusen Gedanken, die sich mit den Jahren auf den zentralen Gedanken fokussieren: Das Leben ist sinn-los. Dann kommen gewisse Leute und sondern Entbehr-liches ab, wie: »Ja, man muss eben mehr Leben in die Tage bringen, und nicht bloß Tage ins Leben.« »Lebe jeden Tag, als ob es dein letzter wäre.« Was wollen uns solche Trivialitäten selbst ernannter Lebensweisheitsscharlatane sagen?

Ich weiß es nicht.

Und sie wissen es auch nicht.

Sie sagen: »Sorge dich nicht, lebe!«

Und wenn man sie fragt: »Wie geht das?«, stellen sie weitere kühne Hypothesen auf, wie: »Das Leben ist schön.«

Blödsinn!

Der Mensch weint im Laufe seines Lebens eine Bade-wanne voll. Darum sind ja etwa 70 Prozent aller Lebewesen lieber Bakterien geblieben.

Was ist an dem schön, wenn man – was weiß ich – Ham-mer und Bildernägel aus dem Keller holen will, weil man ein Bild aufhängen möchte, die paar Stufen in den Keller hinuntergeht, und wenn man unten ist, vergessen hat, was man hier wollte, ratlos herumsteht und grübelt: Was wollte ich denn?

Und dann ordnet man die Weinflachen neu, wenn man schon da ist. Dass man nicht völlig umsonst in den Keller gegangen ist. Damit man wenigstens irgendwas tut und sich selber nicht für einen Idioten halten muss.

In den Wohnbereich zurückgekehrt, fällt der Blick auf das nicht aufgehängte Bild und man fragt sich: Wo hab ich nur den Hammer hingegeben, den ich vorher aus dem Keller geholt habe?

Man trägt das Bild in das Zimmer, wo man es hinhängen möchte, findet naturgemäß auch hier keinen Hammer, geht wieder in den Keller hinunter, um den Hammer zu holen, und ist verblüfft, dass die Weinflaschen neu geordnet sind.

Dann steht man mit dem Hammer in der Hand im Wohnzimmer und muss einige Zeit lang nachdenken: Was wollte ich denn mit dem Hammer? Ah ja, das Bild aufhängen. Wo ist denn dieses Bild, das war doch hier im Wohnzimmer?

Endlich steht man vor der Wand, wo das Bild hin soll, hält den Hammer tatendurstig in der Rechten, bis einem einfällt, dass man die Bildernägel nicht mitgenommen hat.

Abermals auf dem Weg in den Keller erinnert man sich, wie man sich darüber amüsiert hat, wenn die Großeltern vor 50 Jahren solche oder ähnliche Geschichten erzählt haben, eingeleitet mit dem Seufzer: »Ich bin schon derartig verkalkt.« Es fällt einem ein, dass in Boulevardkomödien, die man damals mit den Eltern im Rahmen eines Theaterabonnements gesehen hat, der »schrullige Großvater« auch immer irgendetwas vergessen hat und das Publikum sich darüber schier ausgeschüttet hat vor Lachen.

Warum sagt niemand, dass es eine Zumutung ist, wenn man miterleben muss, wie man vergeht?

Oder: »Das Leben ist ein Geschenk.«

Auch Blödsinn. Es gibt nicht drei Grundfragen der Philosophie, es sind vier. Nämlich: »Woher komme ich? Warum bin ich hier? Wohin gehe ich?«

Und vor allem: »Wer bezahlt das alles?«

Keine Rede von Geschenk. Im Gegenteil, es wird einem – rein sprachlich – vorgemacht, dass man das Leben »geschenkt« bekommen hätte, bis sich herausstellt, dass es ein Vermögen kostet, es sich bis zum Ableben zu erhalten. Das Leben wird einem zunächst scheinbar geschenkt, und dann kostet es bis zum Schluss, und man muss sich das Leben lang anhören: »Es gibt nichts geschenkt.«

»Den Sinn deines Lebens«, sagen sie, »den Sinn deines Lebens musst du schon selbst suchen.« Wie komme ich dazu, mir zusätzlich zu der unfreiwilligen Anstrengung des Seins mir noch selbst einen Sinn dafür suchen zu müssen? Wo mir niemand garantieren kann, dass ich einen finde.

Oder gar: »Selbstverständlich gibt es einen Sinn, aber er wird sich uns nie offenbaren.«

So: »Freilich gibt's was zu essen, aber niemand weiß, wo. Und vom kalten Buffet dürfen Sie nicht allzu viel erwarten, die Brötchen sind alle belegt.«

Die Erwartung ist mehr in den Bezirken des Wünschens angesiedelt; und wünschen kann man sich ja alles.

Indem man sich aber etwas wünscht, nimmt man automatisch die stets leicht verkrampfte Erwartungs*haltung* ein, die vom orthopädischen Standpunkt her nur ungenügend erforscht ist. Allerdings kann man auch etwas ganz und gar nicht Wünschenswertes erwarten, was an der Erwartungshaltung vermutlich nur insofern etwas ändert, als man das Manifestwerden solch einer negativen Erfahrung in einer Verteidigungsstellung erwartet. Zwar hofft, dass es nicht eintrifft, und wenn doch, dann so, dass man nicht allzu schwer getroffen wird. Der Boxer nennt das *Deckungsarbeit*. Dazu kommt: Positives Denken ist grundsätzlich unspannend, weil die normative Kraft des Faktischen nicht ignoriert und tatsächlich Negatives nicht schöngedacht werden kann. Oder sagen wir so: zwar schöngedacht werden kann, aber dadurch nicht schön werden wird.

Wie soll man sich schon einen heftigen Nagelpilzbefall am rechten großen Zeh *schöndenken*. Oder gar nach dem bedenklichen philosophischen Ansatz sagen: »Noch ein Glück, dass der linke Zeh nichts hat.«

Es heißt ja, die täglichen, sich wiederholenden Handlungen zur grundsätzlichen Lebensbewältigung, dieses ständige Kopieren von Kopien, dehnen subjektiv die Zeit. Weil das Leben an sich eine Wiederholung des ständig Gleichen, also eintönig und sensationsfrei ist, kommt es einem länger vor. Da bekommt *Lange-Weile* eine ganz neue Bedeutung. Es ist so fad ... da ist es spannender, wenn man einer Farbe beim Trocknen zuschaut.

Langweilig bis zum Selbstekel.

Immerhin die letzten Worte von Winston Churchill: »Alles ist so langweilig.«

Stetes Verrichten der gleichen Handgriffe, Erledigen der gleichen Notwendigkeiten, Routine. Der Blick in dieselben Gesichter, Austausch von Worthülsen mit den immer gleichen Menschen. Gelerntes, Bekanntes, ritualisierte Gleichgültigkeit. Das Leben gerinnt uns, kaum sind Kindheit und Spätpubertät vorbei, zum fixen Ablauf, zum Automatismus, zur systematischen, eher weniger als mehr individuellen Bewältigung.

Guten Morgen.

Mahlzeit.

Auf Wiedersehen.

Gute Nacht.

Und schon ist ein Alltag, überwiegend ein grauer, vorbei. Und der folgende dämmert herauf.

Gerade in dieser Schaukel, die in keiner Weise aus Hollywood kommt, fühlen wir uns wohl.

Wir sind sogar irritiert, wenn eine Ausnahmesituation uns aus den gewohnten Bahnen wirft, ja nur zu werfen droht. Irritiert stehen wir vor dem Ungewohnten, dem vorübergehend Neuen, sind verunsichert, ja eingeschüchtert, und sehnen uns nach der Gleichförmigkeit des Lebens zurück. Um sicher und trittfest dem Einerlei zu entfliehen, gaukelt uns die Werbung vor, bei Verwendung bestimmter Produkte uns wie auf einer Südseeinsel zu fühlen, in unendliche Weiten von Milchschokolade zu entschweben und bloß vermittels einer Herrenduftserie die Damenwelt aufzumischen.

Zwar kein »Thrillerleben«, aber doch ein bisschen Thrill erleben. Sicher, geborgen, harmlos. Die kleinen Freuden der Behaglichkeit. Oder wie eine weitgehend unbekannte Lebensweisheit sagt: *Ein Leben ohne Freude ist wie eine weite Reise ohne Gasthaus.*

Und genau darum thrillen uns die Thriller so. Beginnen sie doch meist mit Menschen, die geregelt, ja saturiert leben, um dann in eine Haarnadelkurve ihrer Biografie zu driften, die sie vollständig aus der Bahn wirft, hilflos macht, in Todesnöte bringt und Taten abverlangt, die man nicht mit akkurat geföhnten Haaren und stringent gebügelten Hemden tun kann.

Im Thriller wird der Protagonist / die Protagonistin zuerst auf die Mindestgröße, die man mit Hut und Gummisohle haben kann, zusammengestaucht, von den Mitmenschen allein gelassen, missverstanden, verdächtigt, selbst das Böse, der Antagonist zu sein, und in tiefste Verzweiflung und Hoffnungslosigkeit gestürzt. Der Schurke scheint unbesiegbar und fährt hohnlachend einen Triumph der bösen Tat nach dem anderen ein. Ist das Opfer, das abrupt aus seinem Alltag gerissen wurde. Dann, eine bestimmte Zeitspanne mit der neuen Situation konfrontiert, richtet es sich in dieser schlecht und recht ein, sodass diese wieder Alltag wird, dann wächst er oder sie über sich hinaus, blickt der Furcht ins Auge und sieht, dass sie zwinkert. Und entwickelt auf einmal Kaltblütigkeit, Kampfkraft, rast im Rahmen diverser Verfolgungsjagden mit einem eigens dafür gestohlenen PKW halsbrecherisch durch eine Millionenstadt, ja findet oder erbeutet gar eine großkalibrige Faustfeuerwaffe samt ausreichend Munition, und der Mut des Löwen beginnt sich vorzudrängen.

Keine lähmende Rat- und Hilflosigkeit mehr vis-à-vis der Skrupellosigkeit des unheimlichen Unbekannten, keine panische Schnappatmung und kein Erbleichen bei jeder Fehlzündung eines Gebrauchtwagens mehr. Nein, der Held / die Heldin liest in Goethes »Wilhelm Meisters Wanderjahre« den Satz: »Die Vorsehung hat tausend Mittel, die

Gefallenen zu erheben und die Niedergebeugten aufzurichten« – und beginnt, als beste Verteidigung, anzugreifen, sich an das schlechte Wetter und die oft nur unzureichend erklärte herrschende Dunkelheit im Film zu gewöhnen, und vor allem an die durchgehend nervenzerfetzende Musik.

Es kommt nach ersten Teilerfolgen des Helden / der Heldin zu einem neuerlichen vorübergehenden Vorteil des Missetäters, aber nur, um die Fallhöhe zu maximieren, aus der dann der – hopp oder dropp – Sturz in den Showdown folgt.

Im politisch korrekten Thriller kommt der Widersacher, der sich meist als kompliziert psychisch gestört herausstellt, nicht direkt durch die Hand des Helden / der Heldin ums Leben, sondern stürzt im Kampfgetümmel gerne mal zu Tode, verbrennt oder richtet sich selbst, um zu vermitteln, dass eine höhere Gerechtigkeit exekutiv tätig wurde. »Mein ist die Rache ... et cetera ... pp.«

Meist nur in B-Movies stirbt der Täter im Kugelhagel der Polizei.

Letzte Einstellung: Der Held / die Heldin kehrt in sein / ihr gewohntes Leben, in seine / ihre gelernten Abläufe zurück und nach einer meist leicht abgeschmackten Schlusspointe beginnt der Schlussroller.

Ist ein Thrillerleben eine valide Option?

Keine Angst. Alles ist gut.

Guten Morgen.

Mahlzeit.

Auf Wiedersehen.

Gute Nacht.

Es hat sich ausgethrillert.

Ist das nicht erbärmlich?

Die Leute wollen ja, wie gesagt, das Jetzt, die subjektive Zeitdehnung gar nicht. Weil die Menschen sich andauernd auf etwas freuen. Aufs Wochenende, auf die Feiertage, auf den Urlaub, auf Weihnachten, auf was weiß ich was. Niemand will mit dem täglich Gleichen, dem lebenslänglichen Jetzt etwas zu tun haben. Nur irgendein herbeigesehntes, noch nicht eingetretenes Ereignis in der Zukunft zählt, das Jetzt ist wertlos. Und darum wirkt sich die segensreiche Zeitdehnung auf die Menschen nicht positiv aus, nämlich dass die Zeit – selbstverständlich nur subjektiv – langsamer vergeht. Denn wenn das herbeigewünschte Ereignis eingetreten ist, freut man sich längst schon wieder auf das nächste, und das im Augenblick stattfindende ungeduldig Erwartete ist wiederum nichts wert. Man hört immer wieder: »Ach, wenn nur schon Freitag wäre« oder Ähnliches, und am Freitag heißt es – und das ist dann das Blödeste überhaupt – »Kinder, wie die Zeit vergeht«. Wenn bei dieser Äußerung tatsächlich Kinder anwesend sind, dann blicken sie nur ratlos drein. Wir sind ihnen bei der Suche nach dem Sinn des Lebens nicht behilflich.

Man muss sehr sehr achtsam sein, dass man durch das Wissen, was im nächsten Moment zu tun ist, ja, was geschehen wird, im Jetzt bleibt und nicht ständig vorauseilend den Moment versäumt. Oder sich gar auf etwas freut. Letztlich – auf was auch?

Das Leben gibt zu wenig her. Denn *das Leben schreibt die besten Geschichten* nicht. Gemessen an den geschriebenen, gestalteten, inszenierten Geschichten, sind die Lebensgeschichten überwiegend banal, verworren, in der Mehrzahl niedrig, austauschbar und voll von schlechten Dialogen.

Es gibt in der Lebenspraxis keine Vorkommnisse wie in »Der Name der Rose«, »Der große Gatsby«, »Wiedersehen in Howards End«, »Frühstück bei Tiffany« oder meinetwegen in »Der Schatz im Silbersee«.

Selbst Polizeiberichte aus der Wirklichkeit sind seicht, voraussehbar und unspektakulär. Und bei Weitem nie wirklich so grauslich wie in den Kriminalromanen. Weit und breit gibt es keine genialen Megaschurken wie Dr. James Moriatry, Phantomas oder Goldfinger, und keine luciden Ermittler wie Sherlock Holmes oder Hercule Poirot, nicht einmal einen Columbo, diese Kakerlake der Gerechtigkeit. Wären die Mörder alle so clever, fantasiebegabt und so intelligent wie die in der Kriminalliteratur, kein einziger Mord würde aufgeklärt werden und die Welt wäre ein Paradies des perfekten Verbrechens.

Und … um Gottes willen: Vielleicht ist sie es ja.

Die Tatsache, dass wir leben, dass wir sind, bedeutet ja zunächst für einen Geistesmenschen noch gar nichts. Ein Gefäß bestenfalls. Und wenn weit und breit nirgends etwas zu finden ist, womit man dieses Gefäß füllen kann, dann ist das Gefäß obsolet und könnte genauso gut weggeworfen werden. Nur Tage, an denen mir ein großer, ein komischer, ein grotesker, ein zorniger, ein faszinierender, meinetwegen ein *schöner* Gedanke durch den Kopf geht und ich ihn auch halten und zu Ende denken kann, das ist ein Tag, den ich brauchen kann. Ja, es muss nicht einmal ein ganzer Tag sein. Eine Minute, eine Sekunde nur, die das ephemere *Jetzt* anhält und mich einen Wechselschritt im Gleichschritt der

Beliebigkeit machen lässt, genügte schon, um einen ganzen Tag mit Lebensbedenkens- und -berichtenswertem auszustatten.

Die Ärmsten sind die, die den Mangel an Lebensessenz – wissentlich oder nicht – spüren und sich in eine Lebenslüge hineinromantisieren, die jeden Sonnenauf- oder -untergang und all diese Abgeschmacktheiten mit so einem aufgesetzten Lebenskünstlergetue zu Lebenssinn hochstilisieren.

Ich hatte einen Onkel, zweiten oder sonstigen Grades, zu dem alle »Onkel Schmalschuh« sagten. Er war kein böser Mensch. Und trotzdem verdarb Onkel Schmalschuh einem jede herbeibegeisterte Freude. Dabei hieß Onkel Schmalschuh gar nicht Schmalschuh, er hieß Svaljuk. Aber seine Frau, Tante Klara, nannte ihn immer Schmalschuh. Denn als er sich ihr seinerzeit mit Svaljuk vorgestellt hatte, hatte sie Schmalschuh verstanden, und dabei blieb es.

Es war ein Kosename.

»Komm, Schmalschuh«, sagte sie, wenn sie bei uns zu Besuch waren. »Steh auf, bedanke dich für die Gastfreundschaft und komm!« Und Onkel Schmalschuh stand auf und bedankte sich. Tante Klara sagte dann immer: »Das nächste Mal müsst's aber ihr zu uns kommen. Es war so nett!« Und Onkel Schmalschuh sagte: »Gar so nett, war's auch wieder nicht!«

Er sagte es nicht böse, man hatte auch nicht den Eindruck, dass er sich nicht wohlgefühlt hatte. Er sagte es vollständig emotionslos, sodass man keinen Grund hatte, beleidigt zu sein, aber einem auch keine Chance gelassen wurde, es wenigstens ein bisschen als Spaß zu verstehen.

Sonst sprach Onkel Schmalschuh kaum etwas, aber wehe jemand sagte: »Mein Gott, war das schön.« Prompt kam, gewissermaßen ansatzlos: »No, gar so schön wird's auch wieder nicht g'wes'n sein.« Der daraufhin jäh seiner romantischen Erinnerung Beraubte zuckte innerlich zusammen, blickte kurz irritiert Onkel Schmalschuh an, tief drinnen wissend, dass das als »Mein Gott, war das schön« Beschriebene ja in Wirklichkeit gar so schön auch wieder nicht war.

Wenn man mit Onkel Schmalschuh im Gasthaus aß und der Ober routinemäßig fragte, wie es denn geschmeckt hätte, so beeilten sich alle beifällig zu nicken und Gemeinplätze wie »ausgezeichnet« oder »hervorragend« zu äußern, während Onkel Schmalschuh ohne jegliches Engagement brummte: »No, gar so hervorragend war's auch wieder nicht!« Und es stimmte. Das Schnitzel hatte etwas Lappiges gehabt, der gemischte Salat hatte gummig geschmeckt, und wenn man ehrlich war, so war die Hühnerbrust nicht ganz durch gewesen. Es war zwar alles diesseits der Reklamation, aber es war weit davon entfernt, »hervorragend« zu sein.

Besonders traf es einen, wenn man von eigenen Leistungen erzählte. Wenn zum Beispiel jemand sagte, dass er seinem Vorgesetzten einmal die Meinung gesagt hatte, und das mit den Worten »No, dem hab ich's aber eineg'sagt« beschrieb, so kommentierte Onkel Schmalschuh einfach: »No gar so *mei Liaba* wird's schon nicht gewes'n sein«, und schon war alles auf das banale Maß der Wirklichkeit zurückgeschraubt und das »Hineinsagen« bestenfalls auf ein halbherziges Widersprechen reduziert. Der Alltag bietet uns kein »mei Liaba« und kein »hervorragend« und schon gar kein »Mein Gott, war das schön«. Und darum wollen wir immer das Wundervolle und das Großartige herbeizitieren, indem wir jedem läppischen Vorkommnis den Nimbus des Besonderen andichten.

Ja, ein Mal ist jeder Mann Held des Tages, ein Mal ist jede Frau die allerschönste, ein Mal können wir so viel Glück gar nicht verkraften, und das sind dann die wunderbarsten Augenblicke in unserem Leben.

Aber: *Gar* so wunderbar sind sie auch wieder nicht.

Viele versuchen diesen realen Untiefen des Seins durch Sport davonzulaufen. Wie viele Sportler scheuen keine Anstrengung und im Spitzensport keine Droge, um ihren Körper durch extremes Abverlangen, ja Abringen von für die Menschheit völlig irrelevanten Höchstleistungen so in den Vordergrund zu drängen, dass ihr Kopf ganz leer wird. Und Gedanken, die den einen oder anderen Tag bedeutend machen könnten, gar nicht mehr wahrnehmen. Die Letzten werden die Ersten sein, und die Ersten werden die Verletzten sein. Ein Weltklasse-Sportler darf »nichts anderes im Kopf« haben, wie man sagt, als seinen Sport.

Die Zeit macht uns alles zunichte. Ganz gleich, was wir tun.

Und wenn einem oder einer seine oder ihre Zeit dann wirklich schon fast vergangen ist, sagen sie resigniert, aber verwundert: »Mein Gott, wo sind die Jahre?«

Aber das weiß dann »Gott« auch nicht.

Mitten in einer vermutlichen Tiefschlafphase erwache ich panisch. Ich erwache immer in Panik, mit dem Entsetzen, am Leben zu sein – wahrscheinlich ist deswegen mein Blutdruck am Morgen immer ziemlich hoch. Ich erwache also von dem Geräusch einer Motorsäge, die irgendwo im Haus eingeschaltet wurde und vor sich hinbrüllt. Einer der zahlreichen Heimwerker im Haus ist tätig geworden. Meinen ersten Gedanken, dem Kerl mit seiner Motorsäge das Haupt vom Rumpf zu trennen, verwerfe ich in der Sekunde seines Entstehens. Ich stehe also auf.

Mir ist Heimwerken und alles sonstige Handwerkliche ganz fern. Ich kann es nicht, und vielmehr: Ich will es auch nicht. Ich habe ein diesbezügliches Schlüsselerlebnis.

Als ich vor gut 30 Jahren meine erste eigene Wohnung bezogen hatte und leere, frisch geweißte, glaube ich, sagt man, Räume betrat, meine Bilder im Schlepptau, denn ich nehme neue Wohnverhältnisse immer zunächst durch gewissermaßen strategisches Aufhängen meiner Bilder in Besitz … stand ich also im Wohnzimmer vor einer großen, makellos weißen Wand, jenes Bild unterm Arm, das ich für das Zentrum dieser Wand ausgewählt hatte. Ich stellte es auf dem Boden ab und ging Hammer und Nagel holen, um es aufzuhängen. Nachdem ich den Punkt, wo es genau hängen sollte, mit einem zarten Bleistiftkreuz markiert hatte, nahm ich den Nagel in die eine, den Hammer in die andere Hand und schlug zu. Sofort fiel mir ein faustgroßes Stück Wand entgegen und ich stand vor einem unschönen, mich angrinsenden Loch in der soeben noch zur Perfektion gestrichenen Wand. Zehn Sekunden lang packten mich unsägliches Leiden, Zorn und Selbsthass, bis ich endgültig beschloss, nie wieder so entscheidende Eingriffe in die tumbe Materie vorzunehmen.

Seither kaufe ich nichts, was man zu Hause nach einer Skizze selbst zusammenbauen muss. Und schon gar nicht, wenn dabeisteht: *mit leicht verständlicher Montageanleitung.*

Dennoch entkommt man den Unwägbarkeiten, Hand an irgendwas zu legen, nicht. Ich lege selbstverständlich nicht selbst Hand an, sondern beauftrage einen geschickten Verwandten, bin aber trotzdem von Zeit zu Zeit gezwungen, mich in heimwerkliche Niederungen zu begeben, insoweit, dass ich in einen Baumarkt fahren muss, um die notwendigen Utensilien für die vorzunehmenden Reparaturen einzukaufen. Meine Frau besteht darauf, dass ich das erledige – denn man könne dem geschickten Verwandten nicht zumuten, dass er auch das noch macht –, zur Strafe, dass ich nicht geeignet oder, wie meine Frau sagt, zu faul für derlei niedrige Dienste bin.

Ich fahre also, ausgestattet mit einer Liste, zu einem dieser Baumärkte in der Nähe und möchte schon am Parkplatz einen Massenmord begehen. Scheinbar die ganze Welt hat daheim irgendetwas zu werken. Auf dem ohnehin großzügigen Parkplatz ist nicht nur keine Möglichkeit zu parken, es schieben auch ständig vierschrötige Männer riesige kriegsgerätähnliche Gefährte, beladen mit Säcken, Kartons und überlangen Leisten, vor sich her und machen mir ein Manövrieren des Autos nahezu unmöglich.

Im Baumarkt selbst verdichtet sich die Anzahl der meist martialisch gekleideten Männer mit für mich unverständlich großen Rollmaßbändern und anderen in archaischen Lederetuis verborgenen Gegenständen am Gürtel, viele in Begleitung ihrer Frauen, die ebenfalls etwas Zupackendes, Reparierendes, Bohrendes, Schraubendes und Verputzendes ausstrahlen. Diese Frauen sehen aus, als würden sie riechen, und sind überhaupt bar jeder Zartheit und Feinnervigkeit des Weiblichen. Man sieht keine schlanke Fessel, nur unverzeihlich dicke Waden, überzogen von großporiger Haut mit Ferkelteint.

Vor den Kassen stehen Menschenschlangen. Neu Hinzukommende versuchen sich die kürzeste Schlange auszusuchen und rufen einander zu:

»An dera Kassa stelln si a au!«

»An dera Kassa stelln si a a au!«

»Und an dera Kassa stelln si eh a a au!«

Ich bin ein Fremdkörper im Baumarkt und weiß nie, wo welches Utensil, das auf meiner Liste steht, zu finden ist. Greisengemurmelte Selbstgespräche führend, stehe ich ratlos da und sehe mich vergeblich nach Beratungspersonal um. Nach etlichen zu nichts führenden Erkundungsgängen entdecke ich zwei weibliche Fachkräfte, die völlig unbeteiligt daherschlendern, und schnappe noch folgenden Dialog auf:

»Du, kennst du den Holzinger?«

»Da hab ich jetzt gar kein Gesicht dazu.«

»Genau das ist er.«

Frage, wo denn dies und jenes zu finden sei. Zunächst gibt mir jede von ihnen eine andere Auskunft, bis sie mir – nach einer kurzen Beratung mit für mich unverständlichen Termini – eine verbindliche Information geben.

Dort allerdings finde ich nichts.

Ich frage einen schwitzenden, adipösen Fachberater, der ein Namensschild am Revers trägt mit der Aufschrift *F. Holzinger*. Er gibt mir völlig andere, ja diametral entgegensetzte Anweisungen, und setzt hinzu, wenn das Gesuchte dort auch nicht wäre, möge ich mich an die Information wenden.

Ich kann das Gesuchte tatsächlich dort nicht finden und begebe mich zum Informationsstand, an dem bereits eine Traube anderer ratloser Hobbybastler steht, weil dieser nicht besetzt ist.

Als der »Informant« endlich erscheint, maulen die Menschen unzufrieden. Er sagt: »Ich mach hier nur meine Arbeit.«

Und mir rutscht heraus: »Ja, aber nicht gut.«

Drauf er: »Ich brauch mich von Ihnen nicht herstellen lassen. Ich hab auch nur zwei Händ.«

Dreht sich um und geht.

Jetzt weiß ich, warum der Werbeslogan dieses Baumarktes »Der Baumarkt für *Selbermacher*« lautet.

Denn wer anderer macht da gar nichts für einen.

Massenkultur. Oder – sagt man das heute überhaupt noch? – Mainstream. Für für diese Art von Kultur sind wesentlich: »Die industrielle Massenproduktion und der kommerzielle Erfolg. Was erfolgreich ist und sich verkauft, ist gut, was scheitert und vom Publikum verschmäht wird, ist schlecht.« (*Mario Vargas Llosa, »Alles Boulevard«*)

Kulturpessimismus. No, was denn! Weiß aber heute ohnehin schon jeder, der oft in Schreckstarre von Erzeugnissen der Unterhaltungsindustrie – beispielsweise des Kloaken-Fernsehens – überrumpelt wird und sich denkt: Dieses »Ich bin ein Star, holt mich hier raus« sollten sie ändern auf »Ich bin ein Schatz, ich gehöre vergraben«.

»Formale Laxheit«, so Llosa weiter, »und inhaltliche Seichtigkeit der Kulturprodukte werden mit dem Ziel gerechtfertigt, die größtmögliche Anzahl von Menschen erreichen zu müssen. Dieses Kriterium hat in der Politik immer schon für die schlimmste Demagogie herhalten müssen.«

Es erklärt auch, warum das meiste so hässlich ist, der öffentliche Raum überwiegend für jene gestaltet wird, die grundsätzlich nur All-inclusive–Urlaube machen. Und vor Urlaubsantritt die Stehsätze des All-inclusive-Gastes sagen:

»Wir müssen uns ausrechnen, wie viel wir jeden Tag saufen müssen, damit sich der All-inclusive-Urlaub auszahlt.«

»Wir dürfen den Reisewecker nicht vergessen, damit wir im Urlaub eine Stunde früher aufstehen als daheim, um unsere Badetücher auf die Betten gleich beim Swimmingpool zu legen, um dreiviertel vier in der Früh.«

»Wir sollten ein bissl üben, damit wir auf die kleinen Teller beim All-inclusive-Buffet *so* einen Haufen Fresserei draufkriegen.«

Heute sind die Kleinbürger Calvin-Klein-Bürger.

Aber die grundsätzlichen Gegebenheiten – also so, wie's ist – sind natürlich für viele Menschen doch noch hoch unerfreulich.

Denn eben nicht alle – gleichviel, wie alt – wollen halt nicht nur »schaun, was so abgeht« und sich damit begnügen, dass in der »Spektakel-Kultur« *(Mario Vargas Llosa)* »die Witzfigur« (heute als *Comedian* camoufliert) König ist.

Wenn wir schon beim Fernsehen sind, reden wir über die öffentlich Rechtlichen. Die mit Bildungs- und Kulturauftrag. Diesem wird meist erst nachgekommen, wenn Österreich bereits schläft und selbst der wachste Geist es nicht schafft, sich etwas jenseits von Talenteschuppen, Laufstegen, Meisterköchen, Modemachern und anderem am Rande der Gesellschaft Existierenden anzuschauen.

Was dem einen öffentlich recht ist, kann dem anderen privat zu billig sein.

Es gibt jetzt im Internet zwar diese Sachen, wo man sich eine verpasste Sendung anschauen kann, aber die steht ja nur ein paar Tage »im Netz«, wie man sagt, und wenn in diesen paar Tagen niemand zur Hand ist (ein geschickter Verwandter zum Beispiel), der mir das herrichtet, dann seh ich sie auch nicht. Also hat man mir schon vor geraumer Zeit, in bester Absicht, einen Festplattenrekorder geschenkt.

Einen Festplattenrekorder, den ich bis heute zu programmieren nicht in der Lage bin. Ich werde mich von ihm trennen müssen, ohne ihn jemals wirklich gekannt zu haben. Jeder von mir so geringschätzig taxierte All-inclusive-Gast könnte das. Er würde den Apparat von Anfang an durchschauen, er würde die Bedienungsanleitung nicht zu lesen brauchen.

Ich schon, aber ich versteh's nicht.

Denn in der Bedienungsanleitung steht: »Die Preview-Taste ist identisch mit der S1-Taste, die aber erst nach einem erneuten Starten aktiviert ist. Wählen Sie am ON-Screen-Display die Abstimmungsbetriebsart, codieren Sie über Easy-Link den Progammier-Löschmodus, es fährt dann automatisch das Jog/Shuttle hoch und es erscheint das Installationsmenü. Drücken Sie S1, wählen Sie über External AV ATS-Euro und fahren Sie mit Schritt 6 fort.« Bei Schritt 6 steht aber: »Förstaelsen underlättas om vissa Kasetfack schasen avtalas pa förhand med S1 aetergivnings Preview.«

Und dann freut man sich auf die Diskussion »Die Gottesfrage im Lichte der Aufklärung« auf ORF III, doch es begrüßt mich auf ORF eins Florian Silbereisen zum »Schützenfest der Volksmusik«, und keiner trifft ihn.

Allein die Bezeichnung *Bedienungs*anleitung sollte uns zu denken geben.

Wer bedient wen? Wer ist Herr und wer Diener?

Es ist ja so: Damals – fast möchte man sagen: seinerzeit –, als das Internet groß rauskam und man von den Trendsettern *(keine Hunderasse)*, den Opinionleadern und den selbst ernannten Wichtigen bedeutungsvolle Seufzer wie »Jetzt beginnt eine Zukunft, wie es noch keine Zukunft gegeben hat« hören musste, da hab ich mir gedacht, was Onkel Schmalschuh wahrscheinlich gesagt hätte: »No, gar so eine Zukunft wird's auch wieder nicht sein.« Es wurde ja schon über die Pager früher gesagt, dass mit ihnen die neue Zeit beginnen würde, und die waren zu der Zeit schon so gut wie abgesagt. Das wird schon nicht so was Umwälzendes werden. Steht doch ohnehin alles in den Büchern, und Teletext gibt's auch. Was wird da schon groß sein mit der Zukunft, die damals ja auch nicht mehr das war, was sie einmal gewesen ist. Internet, ach was. Werd ich nie brauchen. Das wird wieder so was *Over-Equiptes* sein wie Taucheruhren mit Datumsanzeige, für Leute, die gerne etwas länger unter Wasser bleiben.

So weit, so – na, sagen wir – gut.

Jetzt habe ich einen Freund, und der ist ein Interessierter, was so Sachen wie eben das Internet betrifft. Und der ging – nach einigen Anlaufschwierigkeiten, Computerabstürzen, häretischen Flüchen – schließlich online. Mir, dem digitalen Phlegmatiker, schwärmte er vor von den grenzenlosen Möglichkeiten, dem Zugriff zu schier unendlicher Information, der Vereinfachung, ja Beseitigung administrativer Lästigkeiten, und ich müsste unbedingt zu ihm kommen ins Büro und eine Vorführung dieses einschneidenden Ereignisses in der Geschichte der Menschheit, das an Bedeutung der Entdeckung des Ackerbaus und des Sesshaftwerdens in nichts nachstünde, über mich ergehen lassen.

Also, nahm ich etwas beengt Platz neben meinem Freund, der Computer fuhr hoch, derweil wir umfassend über die Kant'sche Aufklärung diskutierten und ... *pling* ... wir waren drin, wie man sich sprachgeregelt ausdrückte.

Und dann huschte ein listiges Lächeln über das Antlitz meines Freundes, und er sagte, ankündigungsschwanger: »Jetzt pass einmal auf. Jetzt zeig ich dir was.«

Eine Vielzahl routinierter Mausklicks später öffnete sich eine Seite mit nackten Frauen, ausgestattet mit kosmetisch optimierten Brüsten, einladenden Mienen in offenherzigsten Posen. Und noch eine Seite und noch eine und noch eine.

»Pfo«, sagte ich, »Wahnsinn! Mörderhasen!« Kaum hielt ich eine Steigerung noch für möglich, ging es dann bildlich zur Sache. Was heißt zur Sache? Sachen! Sachen, die mir schon mal ein: »Hawe d'Ehre!« entlockten, weil, um sie nachzumachen, nicht nur extreme Offenheit gegenüber gewöhnungsbedürftigen sexuellen Praktiken erforderlich war, sondern auch akrobatisches Geschick, wenn nicht gar begnadete Körper. Es drängte sich der etwas abgehalfterte Witz ins Denken: Kommt ein Arbeitsloser nach Hause und sagt: »Schatz, ich habe eine neue Stellung!« Darauf sie: »Such dir lieber eine Arbeit.«

Machen wir's kurz: Meine erste Begegnung mit dem Internet war eine ausführlich pornografische. Und was dachte ich? »No«, dachte ich, »auch nicht schlecht!« Das Merkwürdige der Situation fiel mir erst viel später auf. Die bahnbrechenden Segnungen des World Wide Web wurden mir nicht anhand der Bibliothek der Universität Auckland oder einer digitalen Shakespeare-Gesamtausgabe nahegebracht, sondern mittels bewusstseinsverändernder Pornografie.

So gesehen, dachte ich, hat die Menschheit doch nicht den prognostizierten Quantensprung getan, der von den Futurologen angekündigt worden ist. Dazu sei gesagt, dieser mein Freund ist nicht etwa eine Dumpfbacke, der nur die kleine Matura – Turnen, Singen, Religion und zwei Tanzstunden – hat. Nein, der hat studiert! Ist Akademiker. Doktor gar! Und was zeigt er mir, um mir die Sensation Internet zu veranschaulichen? Rasch zur Verfügung stehende, damals zumindest noch kostenfreie und überaus reichhaltige Pornografie.

Ein kurzes, tiefschürfendes Gespräch über das Ende von »Playboy«, »Penthouse« und verwandten Publikationen rundete diesen weltweit vernetzten Nachmittag ab.

Die Ernsthaftigkeit und das revolutionäre Moment des Internets blieben mir somit lange verborgen, ich erlebte zunächst nur die Mannigfaltigkeit des Unterhaltungsangebots von eben dem sattsam Erwähnten, von entbehrlichen Pages von Randgruppen, abstrusen Stellungnahmen zur Weltlage und lustigen Bildern. Wann brauche denn ich schon was aus der Bibliothek der Universität von Auckland?

Heute selbstverständlich könnte sogar ich ohne Internet nicht mehr existieren, und schon gar nicht – auch in diesem Zusammenhang – ohne meine Frau. Denn meine Frau sucht, findet, bucht Hotels, Flüge, tätigt Bankgeschäfte, loadet up, loadet down, surft, bookmarkt, hat ein Keyword und wusste von Anfang an, was ein Browser ist, kurz: bewegt sich im Internet mit schlafwandlerischer Sicherheit. Sie blickt auf den Bildschirm mit dem Ausdruck einer Expertin, operiert mit *Links, Quicktime Movies, MP3* und den ungeheuerlichsten Sachen.

Ich? Ich werfe die Flinte ins Korn, wenn da steht: »Der angegebene Server wurde nicht gefunden.« Ja, ich weiß schon, was ein Provider ist, aber was nützt mir das, wenn *der Zugriff auf URL* nicht möglich ist? Ich gestehe, ich zweifle immer, ob das auch in Ordnung geht, wenn man übers Internet zum Beispiel eben einen Flug bucht oder ein Hotel, selbst wenn man eine Buchungsbestätigung gemailt bekommt. Wie läuft das? Ich habe bei auf diese Weise gebuchten Urlauben, je näher die Abreise kommt, in der Intensität ansteigende Albträume, dass ich vor dem Flugschalter stehe oder einer Hotelrezeption und der / die Diensthabende schaut mich groß an und sagt: »Prokopetz? Was hätten Sie gebucht? Nein, ich hab da gar nichts.«

»Aber hören Sie«, sage ich dann in meinem Traum, »*der Zugriff auf URL* war möglich. Der Server wurde gefunden!«

»Da müssen Sie sich irren«, sagt darauf der/die Diensthabende, »einen Herrn Url haben wir nicht im Service!«

Trotz Rudimenten von Skepsis gegenüber einem Phänomen, das heute gar keines mehr ist, nutze ich das Internet, wenn ich über irgendetwas vertiefende Information brauche. Wobei ich gestehen muss, dass ich zunächst ein herkömmliches Nachschlagewerk zur Hand nehme – und erst, wenn ich da nicht fündig werde oder es sich als Strapaz herausstellt, fündig zu werden, fällt mir das Internet ein. Ich habe auch gelernt, dass man im Netz suchen lernen muss, denn wenn man falsch sucht, kann man das Richtige nicht finden. So gesehen deduktiv logisch.

Wenn mir wer sagt, geh auf www ... und so weiter und lade dir das und das herunter, so schaffe ich es gerade noch auf www ... und so weiter zu kommen, aber dieses *File* herunterzuladen, überfordert mich schon. Beim ersten Mal in so einer Situation habe ich es auszugsweise begonnen abzuschreiben und bin erst nach einer fast vollgeschriebenen A4-Seite auf die Idee gekommen, dass ich es auch ausdrucken kann. Meine Synapsen schwingen noch immer nicht auf der Internetfrequenz.

Natürlich bekomme ich und verschicke nicht unsouverän E-Mails, weiß, dass es irgendein Programm gibt, das *Junkmails* abwehrt, habe aber wiederum gehört, dass dieses System – mehrmals ist der Terminus *Firewall* gefallen – auch gewisse *Messages* nicht durchlässt, die durchaus von Interesse wären.

Aber was macht das schon, wenn jeder Besuch im Internet etwas Abenteuerliches hat?

Online, jedes Mal mit einem ungewissen Offline. Spannend ist das und herzerhebend, das Selbstbewusstsein zementierend, wenn man durch welche ungeschickte Laienhaftigkeit, durch welche vollständig irrationale Operation auch immer auf etwas draufkommt und im Lichte dieses Zufalls internetmäßig ein wenig firmer wird. Ich weiß mittlerweile mit Begriffen wie *Dotcom, Reset, Enter, Volume, Screen, scrollen, Slash, Backslash, E-Commerce, Utilities, Tools* und *Helpdesk* halbwegs etwas anzufangen und bin zuversichtlich, dass ich mittelfristig auch mit *HTML, Drag-and-drop, Level, Login, Logout, http, Performance, URL, Pic* und *PDF* vertraut sein werde.

Und dennoch: Ich habe aufgegeben.

Was könnte einer wie ich noch bewirken? Egal, in welcher Hinsicht.

Ich stehe oft in einsamen Hotelgängen und fuchtle statt mit einem Schlüssel mit einer Magnetkarte herum und komme in mein Zimmer nicht hinein.

Sind Sie bestechlich? Ich frag ja nur … könnte ja sein. Rein theoretisch. Wie ist Ihr Preisniveau? Was nimmt man denn jetzt so für … was weiß ich? Sind Sie schon bestochen worden? Soll heißen: Hat schon jemand versucht, Sie zu bestechen? Sie haben doch sicher empört abgelehnt! Natürlich. Sie regen sich ja jedes Mal furchtbar auf, wenn wieder einmal ein Bestechungsskandal ruchbar wird.

»Alles Verbrecher!«, sagen Sie. »Einsperren und den Schlüssel wegschmeißen! Solche Summen verdient doch unsereins sein Leben lang nicht.« Oder haben Sie nachgegeben, wie die meisten eigentlich, wenns um ordentlich Kohle geht? Haben Sie Nein gesagt und Ja gemeint?

Aber haben Sie ja nicht!

Sie, der Sie vielleicht mit vielen anderen rund um eine Riesenschüssel mit Delikatessen sitzen. Delikatessen, die niemandem von diesen Leuten gehören, und Ihnen am allerwenigsten. Aber der Schöpfer geht reihum, und jeder nimmt sich eine schöne Portion raus. Doch wenn Sie dran sind, nein, Sie nicht. »Ohne mich!«, sagen Sie. »Das gehört mir nicht, das gehört uns allen nicht, das ist unethisch, da zuzulangen. Gebt es wieder zurück.«

»Jetzt haben wir's schon im Mund g'habt, jetzt können wir's nicht mehr zurückgeben«, sagen dann alle. »Und auf die eine Portion, die noch in der Schüssel ist, kommts doch auch nicht mehr an.«

Was sagen Sie da? Wie argumentieren Sie? Nur zur Information für mich und auch zu Ihrem Besten. Ich möchte ja die Preise nicht kaputtmachen. Dass nicht gesagt wird, was weiß ich … bei dem und dem ist es zu teuer, ich geh zum Prokopetz, da krieg ich's ein Drittel bis zur Hälfte billiger. Ich möchte kein Korruptionsdiskonter sein, kein Schmiergeldmöbelix. Man möchte sich doch professionell am Markt bewegen und die Tarife nicht unterlaufen. Wie erwähnt, rein theoretisch, nur im Fall.

Ich meine, eines ist klar, wenn ich oder Sie das Geld nicht nehmen: Der Allgemeinheit kommt es ja in keinem Fall zugute. Weil irgendwo sitzt einer, der anschieben, der was ankurbeln könnte, der eine Lobby bei der Hand hat – und der dann vielleicht, nur weil wir abgelehnt haben, weil wir anständige Menschen sind, der kriegt dann womöglich erheblich mehr. So gesehen wäre man dann sein eigener Feind. In der Presse stünde dann womöglich, nur im Fall: »Prokopetz schanzt durch Ablehnung geringfügiger Korruptionsgelder Ex-Abgeordneten ein Vermögen zu.«

Das sollte man nicht riskieren. Das sollte man nicht riskieren, dass man sich die Hände schmutzig macht, ohne was angegriffen zu haben. Wie gesagt, alles theoretisch, nur im Fall. Sie sind nicht bestechlich. Ich hab mich noch nie bestechen lassen. Mich hat auch nie wer bestechen … wollen.

Man weiß ja, wohin so was führt! Schauen Sie nach Griechenland, nach Spanien, nach Portugal, nach Italien … nach Russland und so weiter.

Besinnen wir uns auf die wahren Werte: Reichtum und Luxus durch arbeitsloses Einkommen!

Konzentrieren wir uns auf die schönen Dinge des Lebens: Fleisch, Pornografie und Erderwärmung!

Man ist ja heute fast verpflichtet, Steuern zu hinterziehen, um das Geld vor missbräuchlicher Verwendung durch den Staat zu schützen.

Aber wie gesagt, wir nicht. Sie nicht. Ich nicht.

Wir brauchen unser Nest nicht zu beschmutzen. Und schon gar nicht beschmutzen zu lassen.

Gerhard Bronner hat ja ganz klar gesagt, wer in Österreich ein Nestbeschmutzer ist: »Einer geht in ein Zimmer, scheißt hinein, geht wieder raus und macht die Tür hinter sich zu. Der Nächste, der die Tür aufmacht, das Zimmer betritt und sagt: ›Da stinkt's!‹ – das ist der Nestbeschmutzer.«

Trinkgeld-Reggae

I

Schon so gut wie jeder hat es
sich gerichtet mit an Schmattes.
Zum Beispiel, wollte man wo rein,
und der Türlakai sagt: »Nein«,
so ist es weiter keine Schand,
man drückt ihm etwas in die Hand.
Zwei Worte nur und man ist drin,
was bisher noch unmöglich schien.

II

Samstag Abend in einem Haubenrestaurant,
ein Rendezvous mit einer kapriziösen Frau.
Kaum hat ein Gastwirt zwei, drei Häuberl,
reißt man platzmäßig kein Leiberl.
Der Ober nähert sich gemächlich,
man sieht – gottlob – er ist bestechlich.
Zwei Worte nur, ganz nebenbei,
und schon sind zwei Plätze frei.

Man sagt nur: »Stimmt scho.«
Und er nimmt scho.
Und dann lacht er.
Und sagt, ja, das macht er.
Und es geht, weil er versteht:
Trinkgeld regiert die Welt.

III

Politiker haben es erfunden,
in Franken, Dollar oder Pfunden,
fettet man sich auf die Gagen
hoch droben in den Chefetagen.
Es ist ein Brauch von alters her,
wer Sorgen hat, braucht ein Kuvert;
das übergibt man dann dezent
mit Worten, die ein jeder kennt.

Man sagt nur: »Stimmt scho.«
Und er nimmt scho.
Und dann lacht er.
Und sagt, ja, das macht er.
Und es geht, weil er versteht:
Trinkgeld regiert die Welt.

Wenn man älter geworden ist und gewissermaßen das letzte Quartal vom Lebenshorizont herwinkt, dann werden Speisereste in den Zahnzwischenräumen langsam ein Thema. Man hat ja dann bereits ein paar Implantate, Brücken, Kronen ... also sagen wir es ungeschminkt: »falsche Zähnt« im Mund, die ein Paradies für Speisereste sind. Vor allem, wenn man zum Beispiel – wie meine Großmutter gesagt hat – *langfasriges* Fleisch isst. Dann setzen sich vermehrt zwar einigermaßen gekaute, aber nicht geschluckte Teile des Fleischgerichtes nicht nur, aber überwiegend, zwischen diesen Zahnprothesen fest.

Als der Onkel Peppi, ein entfernter, vor allem von meiner Mutter als geschickter Verwandter rücksichtslos missbrauchter Handlanger, seine »neichn Zähnt« – seine »Broschen«, wie er sagte – bekommen hatte, konnte beobachtet werden, wie er, bevor er mit dem Essen begann, diese seine Prothese möglichst unauffällig aus dem Munde nahm, indem er so tat, als würde er sich wie von ungefähr über das Kinn streichen. Seine Mahlzeit kaute er nicht, sondern zerdrückte sie mit der Zunge und mahlenden Bewegungen des Unterkiefers auf der oberen Gaumenplatte. Irgendwann einmal kam es, wie es kommen musste. Bei seiner zunächst unverständlich anmutenden Aktion der versteckten Gebissentfernung ertappt, fragte ihn mein Vater: »Peppi, was nimmst dir denn die Zähnt auße *vorm* Essen?« Der antwortete zahnlos nuschelnd: »Geh, hör mir auf, mir bleibt die ganze Fresserei in die falschen Hauer picken.«

Wenn man aber – noch – keine Totalprothese hat, dann kann man sich vor dem Essen kein Gebiss herausnehmen und muss in Kauf nehmen, dass sich oft ganze Fleischfetzen in den Zahnzwischenräumen festsaugen. Und die muss man dann entfernen, weil es – ich sehe ein paar Leute zustimmend nicken – furchtbar unangenehm ist.

Nur wie?

Versteckte Versuche, etwa mit dem Daumennagel, sind vollständig erfolglos.

Mit einem klassischen Zahnstocher auch so gut wie unmöglich, ja kontraproduktiv. Denn der gemeine Holzzahnstocher neigt dazu, beim zu diesem Zwecke unumgänglich an die Grenzen der Materialbelastung gehenden Gebrauch abzubrechen und ohne auch nur das Geringste zu entfernen seinerseits zusätzlich spitzige Holzpartikel in den erwähnten Zahnzwischenräumen zu hinterlassen.

Zuerst versucht man es ja mit der Zunge, bei geschlossenem Mund. Man merkt, dass ein älterer Mensch dahingehend zugange ist, wenn er plötzlich schweigt, sich dem Tischgespräch entzieht, unverwandt ins Leere blickt, sein Kiefer gewissermaßen rotiert und seine Backen sich immer wieder scheinbar grundlos aufblähen, als würde ein mittelgroßes Insekt in der Mundhöhle herumrennen.

Alles, was man sonst tun könnte, wie zum Beispiel mit der kleinen Klinge eines Taschenmessers zu arbeiten oder gar mit spitzen Fingern jede einzelne Fleischfaser aus den hinteren Stockzähnen zu entfernen, sieht nicht nur fürchterlich aus, sondern führt auch meistens zu nichts, weil der

Speiserest – *food particle*, wie der Engländer sagt –, der lang-
fasrige Fleischklumpen, kaum hat man ihn mit den Fingern
erwischt und zieht an ihm, abreißt. Er ist zwar als solcher
kleiner geworden, das Problem, ihn gänzlich zu entfernen,
aber größer.

Man versucht dabei selbstverständlich ganz unauffällig
zu wirken und Rudimente von Contenance zu bewahren,
allein, wenn man in schierer Verzweiflung den Mund schon
sperrangelweit aufgerissen hat und versucht, mit Daumen
und Zeigefinger, unterstützt von mindestens dem Mittelfinger, um die hinderlichen Lippen wegzuspreizen, die Fleisch-
flanke, die zwischen dem Sechser und Siebener links oben
festsitzt, rauszuziehen, dann ist es schwierig bis unmöglich,
integer zu wirken. Meine Frau schaut dann zuerst empört,
danach angewidert, darauf aufs Äußerste peinlich berührt
und zischt verbunden mit einem Rippenstoß: »Joesssssi!«
Oft auch mit dem Nachsatz: »Die Leut schaun schon!«

Am Tisch, gute Freunde normal, starren mich alle
ungläubig an, sagen aber nichts, ihre Blicke streifen nur voll
Anteilnahme meine Frau, wobei man sagen muss, dass ihre
Münder vor Entsetzen genauso offen stehen wie meiner.
Aber auch fremde Menschen an den Nebentischen blicken
zunächst schockiert herüber, schauen aber gleich betreten
weg und verdrehen degoutiert die Augen.

Es ist peinlich, ja.

Ich geniere mich auch ein wenig, aber bei Weitem nicht
genug, um aufzuhören und den Sieg einem Stück toten
Fleisch, mittlerweile subjektiv so groß wie ein 250 Gramm
schweres Steak, zu überlassen.

Und dann!

Endlich hat man diese halbe Rinderlende aus den Zähnen herausgeschoben, gezogen, gekratzt und schluckt sie, mittlerweile optimal eingespeichelt, hinunter.

Sie ist so groß, dass sie mühelos jede Diät unterbricht. Und vor allem: Es fällt ein Berg Belastung und Anspannung von einem ab. Das ist so eine Art Orgasmus im Alter. So romantisch, ja erotisch das Essen auch gewesen sein mag: Wenn dir ein ganzes Weiderind aus den Zahnzwischenräumen fällt, ist an Sex nicht mehr zu denken.

Darum heißt es ja vielleicht auch Zahn*ersatz*.

Der Pavianforscher, Biologe und Neurologe Robert M. Sapolsky lebte 20 Jahre lang immer wieder mit einer wilden Pavianhorde in Kenia. Sein Buch »Mein Leben als Pavian« ist autobiografischer Bildungsroman, Satire auf die afrikanische Wildlife-Romantik und eine Studie über den kenianischen Pavian, sein Sozialverhalten in der Horde, die hierarchischen Strukturen und die diesen inhärenten Riten gleichermaßen.

Eine Besonderheit im – gewissermaßen – Gesellschaftsleben der Paviane, so fand Sapolsky heraus, ist, dass männliche Paviane, sofern sie nicht gerade in einer kompetitiven Situation die Rangordnung betreffend zueinander stehen, sondern ranggleich und daher »befreundet« sind, wenn sie einander begegnen als Zeichen dieser Freundschaft einander kurz grüßend am Penis ziehen.

Dieser Brauch hat sich im Zuge der Evolution nicht auf den Menschen übertragen, dennoch schickt der Usus der Paviane die Fantasie auf die Reise.

Würden miteinander in Freundschaft verbundene Männer sich gegenseitig routinemäßig am Geschlecht ziehen, das gesamte gesellschaftliche Leben, wie wir es kennen, gebe es so nicht. Alleine die Auswirkungen auf die Herrenmode wären ungeheuerlich. Der Mann trüge seinen Phallus naturgemäß ja außen, denn wie sollte er sonst amikal am selben gezogen werden. Und schon da drängt sich die Frage auf: Hinge er ihm einfach nackt aus der Hose oder wäre er in einem – wie ja bei afrikanischen Ethnien durchaus üblich – Penis-Futteral untergebracht? Oder trüge man den Geschlechtsapparat wochentags unverstaut, und nur an hohen Feiertagen, bei Theater- beziehungsweise Opernbesuchen, religiös-konfessionellen Zeremonien und eleganten gesellschaftlichen Großereignissen stülpte der Mann von Welt seinem sekundären Geschlechtsmerkmal etwas über? Modeschöpfer zerbrächen sich den Kopf über den jeweils letzten Schrei des Designs, des Materials, und sicher gäbe es durchgestylte Ensembles von Krawatte, Stecktuch und ... ja ... wie würde es heißen? *Kummerbund* zum Beispiel bekäme eine völlig neue Bedeutung.

Vorstellen könnte man sich auch, ähnlich dem *Wonderbra*, der der weiblichen Brust mehr Volumen verleiht, vielleicht die Variante *Wonderslip*, die den Schwellkörper vielversprechend wuchtiger erscheinen lässt. Also im Zweifelsfall nicht das Modell von Calvin Klein, sondern das von Helmut Lang.

Und: Die Dinge, die hinter vorgehaltener Hand von Frauen über Männer, von Männern über Männer gesagt werden, würden ins Immense steigen. Aber noch viel weiter führende Neuerungen im »Miteinander« griffen Platz.

Sexuell aktiven Männern wäre es fürderhin nicht möglich, beim Gespräch mit attraktiven Frauen rein platonische Absichten vorzutäuschen. Der Kummerbund würde den zunehmenden Blutfluss im Abdominalsegment sofort verraten. Im Gegenzug wären allerdings keine leeren Versprechungen möglich, selbst der teuerste Bommerlunder könnte die mit der Zeit geschulten Augen der Frauen nicht täuschen.

Und: Vor allem, wie gesagt an Wochentagen, wenn der Unaussprechliche leger offen und unverhüllt getragen wird, würde auch bei Männern da und dort Penisneid aufkommen. Die Freud'sche Psychoanalyse wäre weitgehend obsolet.

Faszinierend sind die Szenen, die in einem aufsteigen, wenn man sich die Bilder, die bei Foto- und Fernsehterminen von Spitzenpolitikerin entstehen würden, vorstellt.

Die hohen Herren würden ja einander nicht minutenlang lächelnd in die Kameras blickend die Hände schütteln, sondern einander minutenlang – lächelnd in die Kameras blickend – gegenseitig an den ...

Also, jetzt ist es aber genug. Hören wir bei den vorletzten Worten auf.

TEIL 2

Drauß't im Liebhartstal.

Die 1960er- und die 1970er-Jahre, ich zwischen acht und 18 Jahre alt. Im Liebhartstal. Gewissermaßen das Cottage von Ottakring, dem 16. Wiener Gemeindebezirk. Mein Vater, ein überzeugter Sozialdemokrat, ein »Erzroter«, wie gesagt wurde, hatte für uns, meine Mutter und mich, eine Genossenschaftswohnung in einer »schwarzen« Siedlung erschlichen. Natürlich hätte er durch sein Parteibuch auch eine Gemeindewohnung im 16. Bezirk bekommen, aber da waren ihm die Gegend und letztlich die Leute zu mies.

Die Leute in der schwarzen Siedlung fand er als Roter zwar auch mies, aber die Gegend stimmte.

Ich muss eine meiner Beruhigungstabletten schlucken, denn ich merke gerade, dass ich seit dem ersten Satz dieses Teiles jetzt das erste Mal geatmet habe.

Wir bezogen also unsere Genossenschaftswohnung in bester Grünlage, und als wir uns unwiderruflich eingenistet hatten, alles unterschrieben war, ging mein Vater zu dem Pfarrer der für uns zuständigen Pfarre »Starchant«, einem gewissen Herrn Rath, um diesem schroff in der Kirche zur heiligen Theresia mitzuteilen: »Schaun S' Ihnen mich guat an, weil mich wird'n S' do herinn nie wieder sehn.«

Um diesen Fauxpas ein wenig zu verkleinern, musste ich, der ich ja – auf Wunsch meiner Mutter, gegen die Intentionen meines Vaters – die, noch dazu private, Piaristen-Volksschule besuchte, nun Sonntag für Sonntag mit ihr in die

Theresienkirche zur Messe hinaufgehen. Anfangs fand ich das recht unterhaltsam, weil die Predigten von Pfarrer Rath zwar inhaltlich das gleiche Gedöns waren wie das, was in der Piaristenkirche verzapft wurde, jedoch Pfarrer Rath hatte etwas, was mich fesselte. Nämlich ein offenbar billig gemachtes und daher schlecht sitzendes Gebiss.

Wenn ich an die weiter vorne ausführlich besprochene Entfernung von Speiseresten aus den Zähnen denke, dann muss das für ihn ein schier unlösbares Problem gewesen sein, und er tut mir noch heute ein wenig leid. Bei Pfarrer Rath löste sich beim Sprechen im Allgemeinen und beim Predigen im Besonderen der künstliche Oberkiefer, fiel immer ein wenig geräuschvoll auf den Unterkiefer und wurde dann, den Predigtfluss unterbrechend, mit einem durch die Kirche hallenden, oft mehrmaligen *Knack* wieder zurückbefördert. Das geschah so zirka nach jedem dritten, vierten Satz, sodass eine Predigt von Pfarrer Rath nicht nur länger dauerte, sondern auch stets nicht zu vernachlässigende komische Facetten hatte: »Brief des Apostels Paulus an die Korinther: Die, die da schwanken im Glauben an unseren Herrn ... *Knack, Knack* ... Jesus Christus, die können diese Leere durch die Abgewandtheit von Gott mit nichts als Trübsal ... *Knack, Knack* ... füllen und ihr Dasein wird unbeseelt und ... *Knack, Knack, Knack* ... freudlos sein ... *Knack* ... «

Besonders bei liturgischen Gesängen war seine schleißig gefertigte Prothese ein Quell der Heiterkeit, denn die Gemeinde war mit »Dominus vobiscum« längst fertig, während Pfarrer Rath noch ins »Et cum spiritu tuo« hineinknackte.

Aber Pfarrer Rath nahm auch Einsegnungen, Trauergottesdienste und Reden am offenen Grabe vor, wo sein fast rhythmisches *Knack, Knack* besonders irritierend war. Ich musste am Sonntag in der Kirche – obwohl keine wie immer geartete äußerliche Ähnlichkeit vorlag – immer an den Onkel Peppi denken, was jedes religiöse Erleben von vornherein ausschloss. Vielleicht bin ich auch deswegen nicht in die höheren Weihen des Glaubens vorgedrungen.

Im Liebhartstal wohnte eine auffällig fromme Familie. Und damals in einer ÖVP-Enklave, gewissermaßen, als fromm aufzufallen, dazu gehörte schon was.

Noch dazu hießen sie Kirchner!

Familie Kirchner war eine, auch für damals, kinderreiche Familie. Sechs oder gar sieben Kinder haben die Eheleute Kirchner in die Welt gesetzt, weil sie sich wahrscheinlich nur paarten, um sich gottgewollt zu vermehren. Ich kann mich nur noch an die größte Tochter erinnern. Sie und sicher auch alle übrigen Töchter trugen Zöpfe, sie war bescheiden, fast möchte man sagen ärmlich gekleidet, aber »blitzsauber«. Sie hatte diesen katholischen Teint und vor allem – wie alle Kirchners – einen entrückten Blick, der immer von einem verhuschten Lächeln begleitet wurde. Einen Gesichtsausdruck, der deutlich signalisierte: »Vorsicht, wir sind tiefgläubig! Für uns ist Gott mehr als bloß ein Außerirdischer ohne festen Wohnsitz.«

Frau Kirchner war ein Ausbund an Unattraktivität. Ihr etwas teigiges Gesicht strahlte zwar religiös, selbst das verlieh ihr aber bloß einen Hauch von Schwachsinnigkeit. Von Herrn Kirchner glaubte ich manchmal, er wäre der Teufel im Gewande des frommen Mannes. Auch Herr Kirchner hatte so gar nichts, dass man sagen konnte: *fesch*. Nicht einmal *stattlich*. Er hatte leicht rötliches, bereits schütteres Haar, trug große Krankenkassenbrillen – und man hatte das Gefühl, dass in seinem Gesicht kein einziger Muskel gespannt war. Die Backen, die Lippen, die Stirn – alles hing irgendwie nur so herum in diesem Gesicht, und dabei sah er trotzdem aus wie von einer höheren Glorie umflossen, die stets zu sagen schien: »Kehret um!«

Wenn ich zurückdenke, kann ich mich an ihn immer nur in dem gleichen oder gar demselben dunklen, speckig glänzenden Anzug erinnern. Er trug eine abgewetzte Ledertasche, in der allerhöchstens fünf A4-Blätter drinnen sein konnten, so schmal war sie. Wenn er allein im Autobus saß, legte er diese Tasche immer mit einer fast grotesken Demut auf seine Knie und blickte erlöst vor sich hin. Wenn die gesamte Familie Kirchner im Bus saß, dann hatte er die kleinsten Kinder am Schoß, nur der Säugling lag fettig glänzend in den Armen seiner Mutter, während die bezopfte große Tochter gottergeben in der Nähe ihres Vaters stand. Sie sprachen nur ganz leise miteinander, und wenn der Autobus an der Kirche vorbeifuhr, schlugen sie – es sah aus wie choreografiert – in synchroner Präzision ein Kreuz.

Selbstverständlich waren die Kirchners jeden Sonntag in der Kirche und lauschten den *knackigen* Predigten von Pfarrer Rath, welchem vor allem Herr Kirchner mit vordergründigster Devotheit in den Arsch kroch. Herr Kirchner betete so andächtig und kniete so stramm, dass er den religiösen Wahnsinn nicht leugnen konnte.

Nun ja.

Die alte Glocke der Kirche zur heiligen Theresia gab eines Tages den Geist auf oder war hoffnungslos veraltet oder sonst etwas, auf jeden Fall wurde eine neue angeschafft. Und diese neue Glocke musste gesegnet und vor allem geweiht werden.

Eines schönen Sommertages also war Glockenweihe in der Starchant-Siedlung und Pfarrer Rath hatte vorauseilend Sonntag für Sonntag im Anschluss an seine Predigt aufgerufen, dieser Glockenweihe beizuwohnen, denn es wäre nicht nur Christenpflicht, sondern vor allem ein Zeichen der Wertschätzung der Pfarre gegenüber. Noch dazu, wo ein Bischof die Weihe vornehmen werde.

Meine Eltern waren beide berufstätig und so wurde ich mit meiner Großmutter entsandt, der Christenpflicht nachzukommen und die Pfarre zu ehren.

Es wurde eine überzogen pompöse Zeremonie. Der Bischof, ein kleiner, übergewichtiger Mann, gefolgt von Pfarrer Rath und, ich traute meinen Augen nicht, Herrn Kirchner, der einen schwarzen Talar und darüber ein weißes Spitzenkleidchen trug, schritten in die Kirche. Herr Kirchner schwang den Weihrauchkessel in alle Richtungen und sang mit fester, lauter Stimme: »Großer Gott, wir loben dich; Herr, wir preisen deine Stärke. Vor dir neigt die Erde sich und bewundert deine Werke ...« Alle anderen sangen nur verhalten, weil sie den Text wahrscheinlich nicht konnten und weil es ihnen vielleicht peinlich war. Die neue Glocke stand wie ein Goldenes Kalb vor dem Alter und war behängt mit allerlei Krimskrams. Der Bischof nahm vor ihr Aufstellung, legte die Bischofsmütze ab, stellte sie auf ein Tischchen neben der Glocke und begann mit seinem Brimborium. Währenddessen wurde ihm immer wieder seine Mütze gereicht, die er aufsetzte, nur um sie ein paar Minuten später wieder abzunehmen, irgendwas Pathetisches zu sagen und zu tun, immer wieder die Hände gen Himmel streckend.

Die Sache mit der Bischofsmütze lief so ab: Wenn es für den Bischof an der Zeit war, sie aufzusetzen, nahm Herr Kirchner sie vom Tisch, reichte sie mit einer galligen Verbeugung Pfarrer Rath, der sie dann seinerseits mit einer Verbeugung an den dicken Bischof weitergab. Wenn der Bischof die Mütze wieder abzunehmen hatte, gab dieser sie an Pfarrer Rath, der sich verbeugte und sie an Herrn Kirchner weitergab, der sie, bestrahlt von Heiligkeit, wieder auf das erwähnte Tischen stellte. Das ging in dieser nicht enden wollenden Feierstunde gute 15 bis 20 Mal so hin und her.

Meine Großmutter, die mir anfangs noch einen Klaps gab, wenn ich in der Nase bohrte, seufzte mit der Zeit hörbar und verdrehte jedes Mal, wenn die Mütze hin oder her ging, die Augen.

Aber auch diese Glockenweihe hatte einmal ein Ende und es wurden vor der Kirche, im Rahmen eines geselligen Beisammenseins, Wein und fette Grammelschmalz-Brotschnitten gereicht. Während meine Großmutter sich beklagte, dass sie unerträgliche Rückenschmerzen hätte vom »endlosen« Sitzen und vom »ewigen« Aufstehen und sie zu Hause wahrscheinlich ein Gewadal (das Schmerzmittel ihres Vertrauens) nehmen würde müssen, stand auf einmal Herr Kirchner, noch immer in seiner merkwürdigen Aufmachung, da und sagte mit einer Stimme, der man das Nachbeben der soeben erfolgten religiösen Handlungen noch anhörte: »Aber liebe gnädige Frau, dafür war es doch ein wunderschöner Gottesdienst!«

»Geh'n S', hör'n S' mir auf«, sagte meine Großmutter betont prosaisch. »Was ist denn da schon wunderschön g'wes'n? Immer nur ... Tschako auffe, Tschako owe. Tschako auffe, Tschako owe.«

Herr Kirchner, wenn ich mich recht erinnere, bekreuzigte sich hastig.

Damals ..., da war ja alles anders.

Was war der Satz, den die vor 1965 Geborenen am öftesten gehört haben?

»Was hamma denn schon g'habt nach dem Krieg?«

Was wir, die Nachkriegsgeneration, als Kinder gegessen haben und getrunken, das würden heute keine Eltern mehr erlauben. Da stand nirgends drauf, was drin war. Heute ist das Essen, vor allem der jungen Menschen, auch nicht gesünder, aber es steht wenigstens überall drauf, dass es gefährlich und künstlich ist.

Eine Lachssemmel, zum Beispiel. Eine Delikatesse!

Das, was »Lachs« hieß, war offiziell Lachsersatz und eine Art ungesund rosafarbenes Textil, das in zirka A5-formatigen Scheiben in einer gedunsenen, öligen, zähen Flüssigkeit lag. Fetttriefend wurde es in eine Semmel bugsiert, worauf diese Semmel in der Sekunde mit diesem eigentlich nur nach Salz und ... ja, was? ... schmeckenden Tran vollgesogen war. Ein kulinarischer Höhepunkt für 1,50 Schilling. Würde heute irgendwer nur so etwas Ähnliches als Lachssemmel verkaufen, er wäre in der Sekunde bis zu den Oberlippen in Ketten und bekäme auf der Stelle 14 Tage ohne Verhör.

Oder die Getränke, die »Kracherln«, wie gesagt wurde. Jeder Schluck ein Glucoseschub. Produkte wie Chabesade, Libella, Bluna oder *zisch frisch*, ein Keli – »nichts zischt so frisch« – enthielten so viel Zucker (so was wie ein Cola *light* hätte damals niemand getrunken!), dass in den Schulen Fluoridtabletten ausgegeben wurden, damit sich Karies nicht zu einer Pandemie auswachsen würde. Aber wir lernten: Alles Leben ist Chemie!

Und vor allem hieß es damals: »Es wird gegessen, was auf den Tisch kommt.« Bio oder so was gabs ja natürlich nicht. Oder mageres Fleisch. Ha! Die Vorkriegsgeneration, die jahrelange Mangel leiden musste, die wollte nichts Mageres, es war für sie lange genug mager gewesen. Die wollten es fett. Nur Kranke durften damals gesund essen. Vegetarier oder Veganer hat es von 1945 bis 1970 so gut wie nicht gegeben, und wenn, galten sie zumindest als verschroben, ja als nicht ganz normal. Wer die fetten Speisen verschmähte oder nicht ganz aufaß, dem wurden die armen Kinder in Afrika vorgehalten, die froh wären, wenn sie so was Gutes bekämen. Das Gespenst Hunger stand als ungebetener Gast immer noch bei den Esstischen herum.

Wenn ich dann sagte: »Ich geb's ihnen ja, die können mein Grießkoch ruhig haben, die armen Kinder, schickt es ihnen doch.« Dann sagte mein Vater, stereotyp: »Red keinen Blödsinn. Bis das Grießkoch in Afrika is, is es schimmlert.«

Heute allerdings bin ich ein Schlinger. Aber warum?

Vielleicht, die Reiferen unter uns werden sich erinnern, liegt es daran: Wenn man als Kleinkind essfaul war, wurde dieses blödsinnige Spiel gespielt, um das verzehrunwillige Kind zu komplettem und vor allem schnellem Aufessen zu motivieren: »Kaiser, König, Edelmann, Bürger, Bauer, Bettelmann«.

Wer als Erster mit dem Essen fertig war, war Kaiser, der zweite König, der saumselige, ausreichend einspeichelnde und gründlich kauende Letzte, der war Bettelmann. Wer dann nach dem Auszählreim »Schuster, Schneider, Leinenweber, Kaufmann, Doktor, Totengräber« noch brav »aufgetunkt und zusammengeputzt« und als Erster seinen Teller schön hingestellt hatte, bevor »Totengräber« gesagt wurde, der war Gesamtsieger.

Natürlich wollte jeder Kaiser sein, keiner Bettelmann, und Totengräber schon gar nicht. So wurden bei mir die Weichen für ein Leben als Schlinger gestellt. Ich gehöre heute zur Kernzielgruppe für *Fast Food*. Ich hab es zwar einmal mit *Slow Food* probiert, jedoch so *slow* kann Essen gar nicht sein, dass ich es nicht *fast* hinunterschlinge.

Obwohl (oder vielleicht gerade deshalb, weil) ich ein Einzelkind bin, hat sich bei mir auch ein unterbewusster Futterneid ausgeprägt. Wenn mich jemand fragt: »Deaf i kost'n?«, lehne ich entschieden ab. Oder: »Lasst mir was über?« Und gar wenn jemand fragt: »Teilen wir's uns?«, kann es geschehen, dass ich mit Verbalinjurien verneine, die so gar nicht zum Essen passen wollen.

Ich will alles, und das sofort!

Ich halte es auch nur schwer mit Menschen aus, die langsam essen – auch wenn sie durchaus zu meinem engeren Freundeskreis zählen mögen.

Wenn ich sehe, wie jemand enervierend lange und gründlich kaut, dabei konzentriert schweigt und dann zwischen zwei Bissen das Besteck weglegt und bedächtig etwas sagt, während der Kellner bereits mein Gedeck abgeräumt hat, dann werde ich unruhig. Ich höre gar nicht zu, wenn der

Langsam-Esser (meine Cousine, die extrem langsam gegessen hat, wurde von meiner Großmutter deswegen als »Zez'n« bezeichnet) etwas sagt, und wenn es Pulitzer-Preis-verdächtig ist. Denn ich denke in einem fort: »Jetzt friss doch schon endlich! Fass! Putz weg! Das muss ja schon kalt sein. Das Fleisch riecht bereits komisch und das Gemüse beginnt zu welken!«

Und dann lassen diese Wiederkäuer auch noch den letzten Bissen über! Wenn ich das gemacht habe als Kind, hat meine Großmutter gesagt: »No, auf den Bissen kommt's dir jetzt an, was? Da, Mund auf! Also, geht doch!«

Die Medizin gibt zwar vor, zu wissen, dass Schlingen eine physio-psychologische Essstörung ist. *Binge Eating* oder *Binge Eating Disorder* nennen sie es, wenn man zwanghaft so isst, als hätte man stets Heißhunger!

Ha!

Ich esse auch in affenartiger Geschwindigkeit, wenn ich gar keinen Hunger habe, und ich vernichte zuerst ganz besonders schnell jene Bezirke am Teller, die mir nicht so schmecken, um dann das, worauf ich mich am meisten freue, unzerbissen hinunterschlingen zu können, haha!

Was am Tisch kommt, muss weg; im Idealfall, noch bevor es richtig dasteht.

Ich habe mich nicht an die Spitze der Nahrungskette hinaufevolutioniert, um zögerlich zu essen!

Ich bin *the Fast and the Furious.*

Essen und *langsam* gehen bei mir getrennte Wege, denn *schnell* ist das neue *Langsam.*

Für meine Großmutter waren nicht die Kinder in Afrika die Ärmsten, die froh wären, wenn sie so was Gutes bekämen, sondern – warum, man weiß es nicht – die armen Kinder in Russland. Russland war für meine Großmutter generell die Hölle auf Erden, was die westliche Berichterstattung über den Sowjet-Kommunismus nur bestärkte. Wann immer Drohgebärden des Ostens gegen den Westen publiziert wurden, pflegte meine Großmutter zu sagen: »Man hätt damals die eine *Beschtie* mit der anderen erschlagen sollen«, und meinte damit Hitler und Stalin. Die armen Kinder in Russland, ja die saßen immer mit mir bei Tisch und starrten mit traurigen, begehrlichen Blicken auf meinen Teller, ja schauten mir bis in den Magen hinunter, wenn ich lustlos, gelegentlich fast dem Erbrechen nahe, meine bereits kalt gewordenen »Einbrennt'n Erdäpfel« hinunterwürgte.

Meine Großmutter sagte immer, wenn sie von Nachbarn oder Freundinnen befragt wurde, wie es denn so um mich stünde: »Ja, muss schon gut sein. Mit der Fresserei macht er halt ein ewiges Theater, der Bub.« Worauf sich zu mir heruntergebeugt und nicht selten mit erhobenem Zeigefinger salbadert wurde: »Denk an die armen Kinder in Afrika, die wären froh, wenn sie so was Gutes bekämen.« Meine Großmutter sagte darauf stereotyp, allerdings von mir abgewandt, zu den Erwachsenen, indem sie die Augenbrauen ein wenig pikiert hob: »No, und von die armen Kinder in Russland gar nicht zu reden.«

Ja, die Nachkriegserziehung, die Weitergabe der Trümmerfrauen-Mentalität hat meiner Generation Übergewicht, Diabetes und Herz-Kreislauf-Erkrankungen beschert.

Und auch sonst hat die Nachkriegsgeneration, bei allen Umstürzen der 1960er- und 1970er-Jahre, allerhand ins Heute herüber übernommen, denn »gerettet« kann man nicht sagen.

Im Liebhartstal gleich neben der Theresienkirche gab es das Parkrestaurant Starchant. Das Parkrestaurant Starchant war riesig groß, zumindest kam es mir als Kind so vor. Wie es von innen ausgesehen hat, weiß ich gar nicht so genau, außer, dass es drinnen finster war und das Mobiliar aus im Laufe der Jahre nachgedunkeltem Massivholz bestand.

Ich erinnere mich nur an den extra großen Garten: ein Areal, mit (einstmals) weißen Kieselsteinen ausgelegt, die bei jedem Schritt, den man machte, vernehmlich knirschten. Symmetrisch angeordneter Altbaumbestand und unzählige – die für damals typischen, und heute, um Tradition und gehobene Gemütlichkeit zu erzeugen – Wirtshaustische und Sessel mit abgeblätteter, vermutlich einstmals grüner Farbe. Und dazwischen – vor allem an Sommer-Sonntagen, an denen meine Eltern samt Großmutter und mir ins Starchant essen gingen – herumwieselnde, schwitzende und daher naturgemäß riechende Kellner. Riechend deshalb, weil es damals noch keinen entwickelten Hygiene- respektive Deo-Markt gab. Unter diesen Kellnern gab es einen, der unvergesslich geblieben ist: Herr Johann Staritzek. Gerufen: »Herr Hans!«

Herr Hans war klein, wirkte aber durch seine breitspurige Art größer. Ich kann mich an keine langsame Bewegung bei ihm erinnern, er brachte das Kunststück fertig, beim Gehen zu laufen. Er hatte kleine, unaufhörlich herumirrende Augen, was ihm einen unsteten Blick verlieh. Er trug riesige Tabletts, beladen mit ausgeklügelt übereinandergetürmten Tellern, die er, einem Zirkuskünstler nicht unähnlich, mit kunstvollen Hüftschwüngen vorbei an Tischen, herumstehenden Gästen und umherwuselnden Kollegen auf einem Arm balancierte. Er redete ohne Pause mit seiner sonoren, trotzdem hohen Stimme, und er war durch sein Dauerreden, das eigentlich ein Dauerrufen war, immer heiser. Meine Großmutter sagte jedes Mal, wenn wir im Sommer sonntags ins Starchant gingen: »Der Staritzek hat eine ganz ausg'schriene Stimm.'« Im Gegenzug sagte Herr Staritzek jedes Mal, wenn wir mit meiner Großmutter kamen, verschwörerisch zu meinem Vater: »No, tamma wieder die Frau Schwiegermutter ein bissel auslüften«, verbeugte sich dann schwungvoll vor meiner Großmutter und sagte im Ton des perfekten Vorstadtcasanovas: »Küss die Hand, Frau Direktor.«

Ein typisches Rufen des Herrn Hans, das begann, wenn er aus der Küche herauskam, und auch an dem Tisch, wo er dann servierte, nicht endete, klang ungefähr so: »Bitte! Danke! Vorsicht, heiß. Achtung, Schnitzel im Tieflug. Wo wolln S' denn hin, gnä' Frau? Ah so, auf'n Abort gehen S', ich bitte darum … Bitte nehmen S' Platz, meine Dame, ich komm ja nicht vorbei, Sie sind so breitschultrig an den Hüften. Ja, komme gleich … Vierterl Feuersbrunner für den Herrn Ingenieur, eine Chabesade für den Nachwuchs. Gnä' Frau, ein großer Gebräunter … ich hab ja kein Elektronengehirn, dass ich mir das merkert … Ja, Sie werden's erwarten, bei uns ist noch keiner verdurstet. So, bitte sehr, zwei Schnitzel vom bösen Schweindi, einmal Fiaker-Gulasch,

bitte, hoffentlich schmeckt Ihnen der Fiaker. Ein Brathen-
derl mit Reis. Sie wissen eh, Reis stopft, gell, drum haben
die Chinesen alle so z'samm'zwickte Augen. Fehlt noch
was? Salz und Pfeffer … bitte aufmerksam sein, da steht's ja.
Wünsche wohl zu speisen … und langsam essen, gelln S',
erst vorige Woche war die Rettung da, weil mir einer beinah
erstickt wär …«

Er machte ballettös am Absatz kehrt, schlug sich das
leere Tablett klatschend an den Oberschenkel und eilte, ato-
nal pfeifend, im Laufschritt zurück Richtung Küche, stoppte
bei den Herrschaften, die er wissen hatte lassen, dass er kein
Elektronengehirn hätte: »So, das waren ein Vierterl Feuersbrunner für den Herrn Ingenieur …«

»Ich bin kein Ingenieur, Herr Hans«, sagte der betreffende Herr.

»Ich weiß, Herr Ingenieur«, schnarrte Herr Hans. »Ein
Vierterl Feuersbrunner, eine Chabesade für die Leibes-
frucht und ein großer Brauner für die Frau Gemahlin!«

»Seh'n S', Sie haben es sich doch gemerkt, Herr Hans«,
sagte die Frau Gemahlin. »Vielleicht haben Sie doch ein
Elektronengehirn?«

»Liebe, gnädige Frau, Ihnen sag ich's«, sagte der Herr
Hans ein wenig anzüglich und beugte sich zu der Dame hinunter: »Ich bin der Einstein vom Liebhartstal!«

Über den Herrn Hans kursierten wilde Geschichten.
Nicht nur, dass er ein Trunkenbold war. Das konnte jeder
Gast ja selbst sehen, wenn er erstens länger als bis 15.00
Uhr blieb – und zweitens: Die schroff strukturierte Nase
zusammen mit der starken Couperose im Gesicht des Herrn
Hans untermauerten diese Tatsache deutlich. Man sagte

ihm auch nach, dass er sich mit lichtscheuem Gesindel abgab, was durch zwei Vorfälle erhärtet zu sein schien: Eines späten Sonntagnachmittags saß der als »Fetzenschädel« bezeichnete und als wenig geistig rege geltende »Österreicher-Bub«, der bereits gut in den 30ern war, im Gastgarten des Parkrestaurants Starchant, war unschön alkoholisiert und rief immer wieder in regelmäßigen Abständen, zunehmend lauter und nach jedem Krügel unverständlicher werdend: »Staritzek, hoit sofuat dei lieabe Gosch'n!«

Nach den ersten zügig getrunkenen Bieren verundeutlichte sich, wie gesagt, diese Äußerung in Richtung: »Sta … izek, hoit ofuat dei lieabe Gosch'n!«

Bis der Österreicher-Bub seinen Wunsch gewissermaßen nur mehr als Silbenrätsel herausbrachte: »St … ik, oi … uat dei l … e osch'n!«

Das p. t. Publikum im Parkrestaurant verdrehte nur pikiert die Augen, aber keiner der kreuzbraven ÖVP-Wähler unternahm irgendetwas gegen die akustische Belästigung des Österreicher-Buben, der zwar von den Segnungen des Intellekts nur rudimentär angekränkelt, jedoch groß, breitschultrig und erkennbar gewaltbereit war. Unter dem Mäntelchen des »Nur nicht anstreifen« verbargen sie ihre Ängstlichkeit und riefen eilig nach Herrn Hans, um zu zahlen und zu gehen, oder besser gesagt: um zu fliehen.

Als Herr Hans merkte, dass das Gegröle des jungen Herrn Österreicher geschäftsschädigende Dimensionen annahm, ging er erstaunlicherweise wortlos auf diesen zu, haute ihm links und rechts eine hinein und hörte damit nicht auf, bis der um einen Kopf größere volltrunkene Österreicher-Bub aufstand und sich, Unverständliches winselnd, zurückzog, wobei er von Herrn Hans gnadenlos weiter geohrfeigt wurde und dieser im Rhythmus seiner Schläge sagte: »Da und da und da. Ich werd dir geben, du Fetzenschädel, du elendiger. Ich werd dir geben, mir das Gosch'nhoit'n z'schaff'n, du g'wichster Hundsbeidl. Da hast no ane, und gemma. Schau, dass d' hamkummst zu deiner buglad'n Verwandtschaft.« Und den überrumpelten und nicht zuletzt deswegen völlig wehrlosen Unruhestifter buchstäblich zum Gastgarten hinauswatschte.

Als Herr Hans den Dienst wieder aufnahm, riefen viele Gäste: »Bravo, das hat dem einmal gehört!«

Herr Hans verbeugte sich formvollendet wie ein Geiger nach einem fulminanten Solo, deutete mit dem Daumen hinter sich und rief: »So was Ordinäres! No, bei uns nicht!«

Dieser Mut, die Entschlossenheit und vor allem wahrscheinlich diese Kanonade an Schimpfworten verliehen dem Herrn Hans den Nimbus des Schlägers, des Killers und des Unterwelt-Capos.

Aber noch ein zweites Vorkommnis machte aus dem Herrn Hans eine schillernde Figur: Eines schönen Sonntags versah Herr Hans, akkurat wie gewohnt, seinen Dienst. Jedoch völlig stumm. Man hatte sogar den Eindruck, er presste die Lippen aufeinander, damit sich sein Mund nicht reflexartig öffnen konnte.

Befragt, warum er denn heute so wortkarg wäre, sagte Herr Hans gar nichts, sondern machte nur eine wegwerfende Handbewegung. Erst als sich jemand erkundigte, was er denn heute aus der Speisekarte empfehle, und Herr Hans zahnlos sagte: »Daf Biffteck if fehr gut«, begannen im Liebhartstal sich etliche Theorien bis hin zu wilden Spekulationen zu entwickeln. Hatte sich der Österreicher-Bub furchtbar gerächt und dem Herrn Hans die Zähne ausgeschlagen? War es im »Milieu«, wie gesagt wurde, zu heftigen Auseinandersetzungen gekommen, und Herr Hans war dabei seiner Vorderzähne verlustig gegangen? Oder war nur seine Zahnprothese kaputt, weil er allzu drastisch der Entfernung von Speiseresten nachgekommen war? Was war geschehen?

Das nächste Mal, der nächste Sonntag der warmen Jahreszeit, wo man »blank gehen« und im Gastgarten des Starchant sitzen konnte, war Herr Hans wieder ganz der Alte: »Eine Frittatensuppe wäre grad frei. Wer hat die bestellt? Leugnen hat keinen Sinn, ich hab noch jeden erwischt!«

»Ich!«, rief ein honetter Herr. »Ich hab eine Frittatensuppe bestellt, aber das ist schon so lang her, dass ich's vergessen habe.«

»Na alsdann«, rief Herr Hans. »Mir reißt schon der Daumen ab, hör'n S'.«

»Ja aber bittschön, Herr Hans«, sagte der betreffende Herr. »Bittschön bringen S' mir eine neue Fritattensuppe, in der haben Sie die ganze Zeit Ihren Daumen drinnen g'habt. Ich habs genau gesehn. Und meine Frau auch!«

»Bitte der Herr«, antwortete Herr Hans, »ich hab einen arthritischen Daumen, und der Arzt hat gesagt, ich soll ihn immer schön warm halten.«

»Ja, dann stecken S' Ihnen den Daumen doch ... sonstwo hin, Herr Hans.«

»Bitte, Herr ...«, sagte der Herr Hans. »Wo glauben Sie, hab ich ihn die ganze Zeit g'habt?«

Das Liebhartstal beginnt oder endet, je nachdem von welcher Seite man es betrachtet, mehr oder weniger bei der Straßenbahnstation der Linie 46, Ecke Thaliastraße / Maroltingergasse. Und einen Steinwurf stadteinwärts, wie es hieß, gab es das Strumpf- und Wirkwarengeschäft »Modewaren Drholec«. *Mode*waren allerdings war, vor allem für die heutigen Maßstäbe, weit zu hoch gegriffen. Denn Mode im Sinne von aktuellen Erzeugnissen der Bekleidungsindustrie gab es bei Frau Drholec nicht zu kaufen. Modewaren Drholec war ein Spezialgeschäft für Wickelschürzen aller, aber in der Hinsicht auch wirklich aller Art. Kein Modell, kein Schnitt, kein Muster fehlte bei Modewaren Drholec. Und Frau Drholec führte keine einzige »undankbare Farbe«. Neben dem unerschöpflichen Sortiment an Wickelschürzen bot Frau Drholec auch alles an, was es an blickdichten Strümpfen, Strumpfhosen oder gar Stützstrümpfen und großflächiger Unterwäsche gab, vom fleischfarbenen Büstenhalter bis zu Strumpfhalter und Schlüpfer, Kombinegen – alles in der gleichen Farbe. Heute würde man sagen *Nude-Look*, glaube ich. Frau Drholec war Herrin über 1000 Schachteln eingeschweißter Strumpfware in Nylonpackungen und in feines Seidenpapier gehüllter Wirkwaren, die nach einem nur ihr bekannten System in zahllosen Fächern geordnet waren. Und die Geschäfte der Frau Drholec gingen gut. Mütter, Großmütter und Witwen kauften bei ihr, aber auch Väter, Großväter und die wenigen Männer, denen die Frau gestorben war. Denn bei Modewaren Drholec gab es selbstverständlich auch Herrenhemden, Herrenunterwäsche und Socken in überreicher Vielfalt. Klarerweise gab es das alles auch für Kinder, ausgenommen natürlich Büstenhalter, Strumpfhalter und so weiter. Und sollte – was so gut wie nie vorkam – ein Modell nicht lagernd gewesen sein, so bestellte es Frau Drholec prompt. Kurz: Modewaren Drholec ließ keinen Wunsch offen.

Wenn es in puncto Wäsche in der Familie an irgendetwas fehlte, sagte man: »Da schaun wir bei der Drholec vorbei, die hat das sicher.«

Frau Maria Drholec selbst war Witwe, obwohl ihr Mann aus dem Krieg nur nicht zurückgekommen war und sein Tod erst nach Jahren gewissermaßen »bewilligt« wurde. Sie sagte oft: »Was weiß ich, ob der Alois tot ist oder nur mit irgendeiner Flitschn was ang'fangen hat.«

Drum ging sie auch nie mit den anderen Witwen aufs Grab eines Verblichenen. Weil der Alois zwar für tot erklärt worden war, aber in Ermangelung einer entsprechenden Leiche eben kein Grab hatte.

Wenn eine Kundin, deren Mann ordnungsgemäß am Friedhof »draußen« lag, sagte: »Morgen geh ich zu meinem Mann aufs Grab«, sagte die Frau Drholec nur: »Schönen Gruß.«

Meistens sagte dann eine rechtmäßig verwitwete Kundin: »Ah ja, Sie haben ja keinen Mann draußen am Friedhof.«

Und die Frau Drholec sagte: »Ich brauch keinen Mann am Friedhof draußen, und da im Gschäft schon gar nicht.«

Denn: Sie war Geschäftsfrau und unabhängig, bekam eine lächerliche Witwenpension, von der sie sich »nichts zum Beißen leisten könne, nicht einmal zum Nägelbeißen«, wie sie sagte.

Sie war eine stets höflich verbindliche, aber resolute Person. War jemandem etwas zu groß, sagte sie: »In das fressen Sie sich schon noch hinein, gnä' Frau.« War wem was zu klein, sagte sie: »Das passt. Immer schön flach atmen, und geht schon.«

Eines Tages stand aber aus heiterem Himmel – Frau Drholec erzählte: »Wie aus dem Gar-nix« – ein hagerer Mann im Geschäft, der, auf einen Stock gestützt, sagte: »Servus, Mizzi. Ich bin's, der Alois.«

»Ich hab glaubt, mich trifft der Schlag«, formulierte es Frau Drholec, wenn sie erzählte, wie auf einmal der Alois im Geschäft gestanden ist. »Steht einer da, zaundürr wie ein Krebsenspeck, anzog'n wie ein Armenhäusler, mit einem Stock, aber sonst recht sauber, und sagt, er ist der Alois. Mein Alois.«

»Ja, was unterstehen Sie sich?«, fragte sie. »Sind Sie denn narrisch? Schamen Sie Ihnen gar nicht? Mein Alois ist tot. Schaun S', dass weiterkommen, Sie Falott!«

Aber der hagere Mann zog einen verschlissenen Lappen hervor, einen alten Wehrmachtsausweis oder so etwas, auf dem ein, durchaus sogar sein, verwaschenes Konterfei zu sehen war und, fast schon verblasst, der Name: Alois Drholec.

»Mein Gott«, erzählte die Frau Drholec, »er hätt es schon sein können. Obwohl, ich hab den Alois anders in Erinnerung g'habt. Aber die vielen Jahre … «

Allerdings hegte sie berechtigte Zweifel an der Echtheit seiner Identität, denn der Alois habe nie »Mizzi« zu ihr gesagt, sondern immer »Schnauzi«, weil Frau Drholec, wie sie verschämt sagte, immer schon, auch als junges Mädel, einen Hang zum Damenbart gehabt habe.

Darauf angesprochen, dass sie für ihn, den Alois, nie die »Mizzi«, sondern immer nur »das Schnauzi« gewesen war und er sie mit »Servus Mizzi« begrüßt habe, antwortete der vorgebliche Alois: »Ja du hast doch nie wollen, dass ich Schnauzi zu dir sag. Erinner dich doch. Da hab ich mir gedacht, für den ersten Eindruck ... Wobei, rasieren könntest dich schon wieder einmal.«

Und weil der Alois plötzlich wieder lebte, wurde der Frau Drholec die lächerliche Witwenpension gestrichen, und sie musste mit Alois zusammenleben, von dem sie im tiefsten Inneren überzeugt war, dass er gar nicht der Alois war.

Der angebliche Alois erzählte die ungeheuerlichsten Geschichten. »Alles Raubersg'schichten«, wie Frau Drholec sagte. Über die russische Gefangenschaft, und wie er dann, vollkommen besitzlos, »verschütt« gegangen sei, als U-Boot in Russland gelebt habe, dann aber über Rumänien und Bulgarien nach Polen und schließlich, nach 24 Jahren, zu seinem Schnauzi zurückkehren konnte.

Jedoch war die Rückkehr des Alois Frau Drholec immer ein Dorn im Auge. »Des Mannsbild hab ich an der Kittelfalten«, sagte sie, denn der Alois ließ sich hinten und vorn bedienen und bekam Versehrtengeld, das sogar etwas mehr war als die gestrichene Witwenpension. Aber das reichte für Alois nicht, um zu überleben. Im Gegenteil! Wenn der

Briefträger um den Ersten herum das Versehrtengeld brachte, humpelte er trotz Stock jedes Mal erstaunlich flott hinauf ins Café Ebner, um dort meist mit geringem Erfolg Karten zu spielen, aber umso erfolgreicher zu trinken. Ansonsten lag der Alois dem Schnauzi auf der Tasche.

Jedoch war »der Herr Drholec« für die Kundschaft im Liebhartstal, überwiegend Frauen natürlich, eine Sensation. Untertags half er im Geschäft aus, wobei er meist nur tatenlos herumstand, denn er konnte oder wollte sich nicht merken, in welchen Fächern oder Schachteln die Büstenhalter, Strumpfhalter und Kombinegen in den verschiedenen Größen und gleicher Farbe lagerten. Und Ware von oben, wie es hieß, die, um an sie heranzukommen, man eine hüfthohe Stehleiter erklimmen musste, konnte er auch nicht heruntergeben, wegen seines kaputten Beins, das ein Besteigen der Leiter unmöglich machte. Das Geschäft aber war voll und lief hervorragend, weil alle die Geschichten des Alois über seinen Verbleib hören wollten und in der Folge dann die Widersprüche diskutierten, in die der Alois sich verwickelte. Die Damen nahmen ihn gewissermaßen ins Verhör. Sie kamen ins Geschäft, kauften entweder ohnehin etwas, was sie wirklich benötigten, oder aber auch lediglich, gewissermaßen als Alibi, eine Unterhose oder ein Paar Strümpfe, nur um den Alois aushorchen zu können.

»Zu brauchen bist du für gar nichts«, sagte Frau Drholec. »Aber wenn dich die ganzen Weibsen ausfratscheln wollen, bitte. So lang s' was kaufen.«

Selbstverständlich wollten die Damen auch wissen, ob die Eheleute Drholec die Ehe auch vollzogen. Die Damen nahmen ihre ganze Raffinesse zusammen und fragten gefinkelt wie Miss Marple, es war aber nichts aus den beiden herauszubekommen.

Die Männer sagten: »Woher denn, geh, die haben doch nichts miteinander, weil zu ihr gehört ein guter Magen, mit ihrem Oberlippenbart wie der Zigeunerbaron.« Einer behauptete sogar, gehört zu haben, wie der Alois eines Abends im Rahmen eines gemeinsamen Abendessens mit seiner Frau im Starchant konspirativ zu Herrn Hans gesagt haben soll: »Herr Hans, bringen S' mir noch ein Achtel, meine Frau wird schon wieder hässlich.«

Die Damen wiederum sagten: »No, bitte, er ist aber auch kein Leckerbissen. Der ist doch ein Krippel mit seinem hinnichen Hax'n, noch dazu nichts wie Haut und Bana.«

»Und b'soff'n ist er auch immer«, meinte eine andere. »Und das muss alles sie zahlen. Der Mann ist doch eine Heimsuchung.«

Gerade die Trinkfreudigkeit des Alois war es, die zu den Problemen, die auf das Unternehmen Modewaren Drholec zukamen, führte.

Stand der angebliche Alois das erste Jahr im Geschäft und faszinierte die neugierige Kundschaft mit den zweifelhaften Geschichten über seinen jahrelangen Verbleib, ging er der Frau Drholec zwar auf die Nerven, aber er war ein geduldetes Übel, denn er kurbelte zumindest mittelbar das Geschäft an. Mit der Zeit aber blieb Herr Drholec immer öfter weg, und wenn er ins Geschäft kam, dann meist, um Geld zu holen, und vor allem meist mit »einem Schwüh«, wie Frau Drholec sagte. Er kam immer dann Geld holen, wenn einige Kundinnen im Geschäft waren, denn so konnte sie ihm das Geld nicht verweigern, um sich vor der Kundschaft nicht bloßzustellen. Alois betrat das Geschäft, begrüßte mit deutlichem Zungenschlag und läppischem Charme die Kundschaft: »Meine Damen, ich begrüße Sie lebhaft. Was sagen Sie, was das Schnauzi fleißig ist, was?« Dann versuchte er das Schnauzi abzubusseln, was peinlich berührt abgewehrt wurde.

»No geh, was hast denn?«, fragte er. »Der liebe Loisi-Bub wird sich jetzt ein bissi ein Geldi nehmen, gell Schnauzi, damit er nicht neger geht und die Leut red'n.«

Mit der Zeit blieben die Kunden aus, weil ihnen der Alois unheimlich war und sie sich ein wenig vor ihm fürchteten. Frau Drholec war verzweifelt. Wie sich das innere Verhältnis der Eheleute Drholec weiter entwickelte, bleibt unklar, aber man konnte sich denken, dass Schnauzi das Darniedergehen ihres Lebenswerkes, des Strumpf-und-Wirkwaren-Imperiums Modewaren Drholec nicht erfreut beobachtete.

Und auf einmal war der aus dem »Gar-nix« aufgetauchte Alois tot.

Einige Leute beobachteten, wie ein Zinnsarg aus dem Haus in der Thaliastraße, unmittelbar vor der Station der Linie 46/Ecke Maroltingergasse, getragen wurde. Bis es sich bis ins Liebhartstal hinauf herumgesprochen hatte, dass in diesem schmucklosen Zinnsarg der entseelte Überrest des Herrn Alois Drholec abtransportiert worden war, und vor allem, dass die genaue Todesursache desselben bis dato nicht eindeutig festgestellt werden konnte, verging gut eine Woche. Danach begann sich das Geschäft wieder sukzessive zu füllen, denn es wurde kolportiert, dass die Polizei mit allerlei Gerätschaften in der gemeinsamen Wohnung zugange gewesen war, ja sogar etliche Male ein richtiger »Kriminaler« in Zivil bei Frau Drholec vorgesprochen hatte, ja Frau Drholec mehrmals zum Verhör ins Kommissariat Grubergasse geladen worden sei. War Frau Drholec gar eine Mörderin? Und wenn, dann musste man sich das anschauen und unter dem Mäntelchen des Beileides der zumindest äußerlich nicht ausufernd trauernden, gewissermaßen doppelten Witwe Einzelheiten entlocken.

»Ich hab das weiß Gott wie oft diesem Kommissar erzählt«, sagte sie. »Ich war zu Hause und mach mir vor dem Schlafengehen eine heiße Milch, da hör ich einen Pumperer aus dem Badezimmer, dreh noch das Gas ab, damit mir die Milch nicht anbrennt, mach die Tür auf, sag noch: ›Alois, du B'suff, hast schon wieder an Schwüh ...‹, liegt der nackert mit einem blutigen Schädel in meiner Sitzbadewanne, und sein steifer Hax'n ist kerzengrad in die Höh gestanden. Ich hab ihn dann eine Weile mit kaltem Wasser ang'spritzt, aber nix. Er hat sich nicht mehr gerührt. No, ich war ganz ... ding! Bis ich auf die Idee komm, der könnt tot sein, bin ich wie die Kuh vorm neuen Tor gestanden und hab nicht aus und ein gewusst. Dann hab ich die Rettung g'rufen, und wie die endlich da waren, war meine Milch kalt, und der Arzt hat nur mehr den Tod feststellen können. ›Sieht zunächst nach Genickbruch aus‹, hat er gesagt. ›Genickbruch durch tödlichen Sturz. Wie gesagt, beim ersten Hinschauen, gell?‹ Ich hab mir eh gedacht, der Alois halt seinen Kopf so blödsinnig schief. Dann ist die Polizei gekommen. No, ein Hin und ein Her. ›Wo waren Sie, wie das passiert ist?‹ ›Ist der Gatte schon vorher einmal in der Wanne umg'fallen‹ – und diese Sachen. Ich hab denen erzählt, dass ich dem Alois schon ein paar Mal gesagt hab, er soll nicht duschen in der Wanne, weil es wie gesagt eine Sitzbadewanne ist und er sich mit seinem hinnichen Hax'n ja nicht niedersetzen kann. Er soll sich halt nur waschen am ganzen Körper, so viel Körper wär eh nicht zum Waschen gewesen, schmalpickt wie er war, aber nein.« Immer wieder musste Frau Drholec erzählen, wie es so weit hatte kommen können, und die Schlüpfer, die Unterhosen, die Socken und vor allem die Wickelschürzen gingen weg wie warme Semmeln.

Das Begräbnis war sehr einfach, denn Frau Drholec war der Meinung, dass für den Alois, der vielleicht gar nicht wirklich der Alois gewesen ist und der jetzt zweifelsfrei und vor allem endgültig tot war und für dessen volle Begräbniskosten sie aufkommen musste – denn »der feine Herr«, wie sie sagte, hatte natürlich keine Sterbeversicherung gehabt –, für den vermeintlichen Alois also zahlte es sich nicht aus, ein Tamtam zu machen. Der Trauerzug war überschaubar kurz, außer ein paar »Freundinnen« der Frau Drholec und dem einen oder anderen Kartenspieler und Saufkumpan aus dem Café Ebner fand es niemand der Mühe wert, dem Alois die letzte Ehre zu erweisen. Hat man ihm ja auch keine vorletzten Ehren erwiesen. Auch die Zerknirschung über das Eingehen des »lieben Toten« ins Himmelreich, wie Pfarrer Rath am Grab, begleitet von häufigem *Knack … Knack …*, sagte, hielt sich in engen Grenzen. Leichenschmaus in dem Sinne gab es ebenfalls keinen, denn die Herren aus dem Café Ebner verabschiedeten sich gleich anschließend in eben dieses, und die paar Freundinnen tranken mit Frau Drholec in ihrer Wohnung ein paar Schalen Kaffee, wofür sie eine Milch heiß machte. Die Freundinnen sagten »Maria, wer weiß, zu was' gut ist« und ähnliche Trostworte, während Frau Drholec nur dagesessen sein soll, den Kopf geschüttelt und immer vor sich hin gemurmelt habe: »›Lieber Toter‹, dass ich nicht lach. Die Pfaffen haben doch von nichts eine Ahnung.«

Jetzt hatte die Frau Drholec auch einen Mann, der draußen am Friedhof lag. Jedoch, sie ging auch jetzt nicht mit den Damen aufs Grab. Sie pflegte das Grab auch nicht, beauftragte keine Friedhofsgärtnerei, ließ es verrotten. Sie ging nur ein Mal im Jahr zu Allerseelen aufs Grab und nahm jedes Mal den Stock des Alois mit, den sie sich behalten hatte, stellte sich vor das vernachlässigte Grab, drohte mit dem Stock in Richtung des billigen Grabsteins, auf dem »Alois Drholec« stand, sonst nichts. Der Steinmetz hatte ihr gerade noch ausreden können, »Alois Drholec?« meißeln zu lassen. Sie stand da, fuchtelte angriffslustig mit dem Stock und rief Unflätigkeiten in die Erde.

Solange man Frau Drholec für eine Gattenmörderin halten konnte, lief das Geschäft wie in seinen besten Zeiten. Als sich ihre Unschuld aber amtlicherseits zweifelsfrei herausstellte, riss der Geschäftsgang jäh ab.

Er kam erst wieder in Schwung, als ruchbar wurde, dass Frau Drholec ins Wilhelminenspital musste, um einige umfassende Untersuchungen über sich ergehen zu lassen. Und als sie von diesen zurückkehrte, gesagt wurde: »Die Drholec schaut gar nicht gut aus.«

Erst als sich Frau Drholec nach einiger Zeit wiederum altersentsprechender und ärztlich bescheinigter Gesundheit erfreuen konnte, ließ es wieder merkbar nach.

Das Liebhartstal war ideologisch eine einheitliche Siedlung. Die ÖVP und ihr Blick auf die Welt beherrschten das gesellschaftliche Leben, sofern man knappe 2500 Kleinhäusler und genossenschaftlich organisierte Wohnungsinhaber überhaupt eine Gesellschaft nennen konnte. Die paar Sozialisten, wie mein Vater, waren eine verschwindende Minderheit, die, wenn überhaupt politisch beachtet, so höchstens fast mitleidig belächelt wurde. Damals übersetzte sich SPÖ noch mit *Sozialistische Partei Österreichs* und biederte sich nicht als *sozialdemokratisch* an. Und die christlich-soziale Reichshälfte zuckte wie unter einem leichten Peitschenhieb zusammen, wenn jemand sagte, der oder die wären *Sozialisten*. Sozialist, das stand für Bolschewiken, Kommunismus, Kolchosen, keine Südfrüchte (vor allem keine Bananen) und für Tausende Menschen, die nicht nach Jesolo fahren durften. Kurz: für Mangel und Einschränkungen. Darum wurde ja auch so manchem damals sich ganz langsam generierenden jungen Linken, jedem *Revoluzzer*, wie es hieß, bei geäußerter Systemkritik nahegelegt, doch nach Russland zu gehen, wenn es ihm bei uns nicht passte. Vielleicht waren auch deshalb für meine Großmutter die russischen Kinder die ärmsten.

Aber grundsätzlich lief das Leben im Liebhartstal wie am Schnürchen. Es war gewissermaßen idyllisch.

Jedoch: Misstraue der Idylle!

Etwas zog einen tiefen Graben quer durch die ansonsten so einigen Liebhartstaler.

Um dieses, fast möchte man sagen, Bürgerkriegspotenzial einem Nicht-Liebhartstaler vollinhaltlich begreiflich zu machen, muss ich ein wenig ausholen.

Es stürmen die Erinnerungen derartig auf mich ein, dass ich eine Beruhigungstablette nehmen muss, weil meine Frau soeben zu mir hereingeschaut und gerufen hat: »Atmen!«

Puuuhh.

Die Sache war so: *Drauß't* im Liebhartstal gab es zunächst zwei Greißler. Die Greißlerei Kiesling und die Greißlerei Fuchs. Auf den langsam vergilbenden Schildern über den Geschäften stand: »Lebensmittel« und drunter: »Kolonialwaren und Spezereien«. Bei beiden gab es das Gleiche, auch preislich waren so gut wie keine Unterschiede. Und selbst wenn zehn Deka Braunschweiger in der Greißlerei Kiesling um 50 Groschen billiger gewesen wären, kein Stammkunde der Greißlerei Fuchs wäre deswegen um die Braunschweiger in die Greißlerei Kiesling gegangen. Obwohl 50 Groschen damals schon ein Betrag waren, den zu sparen man einiges auf sich nehmen mochte, denn alles andere wäre eine reine *Urasserei* gewesen. Und *urassen* – also sinn- und zwecklos vergeuden – durfte man Mitte der 1960er-, Anfang der 1970er-Jahre auf gar keinen Fall. (Das Vokabel *urassen* ist eine Narbe meiner Nachkriegserziehung.) Denn es musste schließlich fleißig gearbeitet werden fürs Geld. (Damals sagte man tatsächlich *fürs* Geld, und nicht *ums* Geld. Dazu sei gesagt, dass wir heute mehr denn je *für* das Geld arbeiten, weil wir *um* das Geld immer weniger bekommen.) *Fleißig* war damals das Wichtigste, was ein Mensch sein musste. Wer nicht fleißig war und leistungsbereit oder gar faul und in den Tag hinein lebte, der konnte ja, wie gesagt, nach Russland gehen oder aber gleich in ein Arbeitslager gesteckt werden, wo er arbeiten sollte, bis er *schwarz* würde. Das hörte sich besonders merkwürdig an, wenn es ein ÖVPler sagte. *Owezahrer* konnte man nicht brauchen damals.

Aaahh, das Bromazepam wirkt spürbar, »es« atmet mich wieder, die Gedanken ordnen sich langsam.

Es kam so weit, warum weiß ich nicht, und wahrscheinlich auch kein anderer aus dem Liebhartstal, dass der mentale Graben, den die Parteinahme für eine der beiden Greißlereien durch die Siedlung zog, sich im Laufe der Jahre zur Schlucht und in der Folge zum unüberwindbaren Abgrund auswuchs.

Was die beiden Lebensmittelgeschäfte voneinander unterschied, konnte, wie bemerkt, nicht gesagt werden, außer, dass das eine von Frau Kiesling geführt wurde und das andere von Herrn Fuchs. Unterschiedlichere Naturen konnte man sich nicht vorstellen. Sie waren so diametral verschieden, dass sie das perfekte Ehepaar abgegeben hätten. Aber damit fing es schon an. Herr Fuchs war verheiratet mit Frau Fuchs, die beiden hatten einen Sohn, der dem Vater wie »aus dem G'sicht g'rissn« war, was beim besten Willen kein Kompliment ist. Frau Kiesling dagegen war alleinstehend, also nicht verheiratet, und wie das mit Herrn Gasser genau gewesen ist, wusste niemand. Der Herr Gasser war insofern ein Wettbewerbsvorteil, als er die diversen benötigten Waren, die die meist berufstätigen Damen der

Starchant-Siedlung auf einen Zettel schrieben, der samt den privaten Einkaufstaschen der Damen morgens in die Greißlerei Kiesling gestellt wurde, abends ausgetragen hat. Die Greißlerei Fuchs bot diesen Service nicht an, was aber die eingefleischten Fuchs-Kunden nicht nur nicht monierten, sondern sie spotteten über den armen Herrn Gasser, muss man sagen, aufs Schändlichste.

Aber dazu kommen wir noch.

Der Abgrund zwischen Frau Kiesling und Kundenstock und Herrn Fuchs samt Kundenstock blähte sich zur unvereinbaren Bipolarität auf, als, wie auf einen geheimnisvollen Befehl aus dem All hin, beide ihre Geschäfte renovierten. Aus der *Greißlerei* Kiesling wurde *Delikatessen* Kiesling, aus der *Greißlerei* Fuchs wurde *Feinkost* Fuchs.

Wir waren Kiesling-Kunden, denn erstens schätzte meine Mutter den Hauszustellungsdienst von Delikatessen Kiesling, obwohl ihr die leidige Eigenart des Herrn Gasser selbstverständlich auch auffiel; dazu, wie gesagt, aber später. Wir waren Kiesling-Kunden, auch nicht zuletzt deswegen, weil der Herr Fuchs meinem Vater unsympathisch war. Er kannte ihn persönlich zwar so gut wie gar nicht, aber mein Vater sagte: »Der Fuchs ist mir g'sichtsunsympathisch.« Und er hatte nicht unrecht, denn der Herr Fuchs hatte nur wenig einnehmende Züge. Sein Gesicht war als Ganzes aufgedunsen, die Augen klein und tief in ihren Höhlen verborgen, die Nase so positioniert, dass man beim ersten Blick in das Gesicht des Herrn Fuchs sekundenlang meinte, die Nasenlöcher wären seine Augen. Seine Haut war geradezu albinoartig weiß und seine Lippen stark negroid aufgebläht. Er sah aus wie ein Schweinskopf zu

Silvester. Mein Vater fasste das Äußere des Herrn Fuchs so zusammen: »Der mit sein Sauschädel und seiner Lawuapappn.« Der Herr Hans sagte sogar einmal: »Den Fuchs möchte ma immer ein' Senf ins G'sicht druck'n, weil er Lippen hat wie ein Paar Würstel.« Dazu trug er einen blassgrauen Knebelbart. Einen solchen ließ sich sein Sohn später auch wachsen, der, wie schon gesagt, das Pech hatte, seinem Vater gewissermaßen aufs Haar zu ähneln.

Er wäre allerdings nicht wesentlich besser dran gewesen, wäre er mehr nach der Mutter gekommen. Frau Fuchs war von einer derartig verblüffenden Bedeutungslosigkeit, dass man sie, obwohl man sie jahrelang vom Sehen kannte, kaum hatte man sie gesehen, sofort wieder vergaß. Immer, wenn man sie wieder traf, musste man eine Weile nachdenken, wer sie sei, bis es einem dann einfiel: »Jössas na, die Fuchs.« Sie versuchte zwar das Dilemma ihrer Unsichtbarkeit zu entschärfen, indem sie sich ausgefallen und für ihr Alter zu modern kleidete, in grellen Signalfarben opulent schminkte, allein – die Schminke versteckt das Geschminkte –, sie blieb, was sie war: anwesend und trotzdem nicht da.

Beide, Herr und Frau Fuchs, waren, wie gesagt wird, »scheißfreundlich« und hofierten ihre Kundschaft unterwürfig, jedoch man merkte die Absicht und war verstimmt. Feinkost Fuchs bemühte sich auch, dem Geschäft immer mehr einen Hauch von Luxus zu verleihen, um das Einkaufen zum Erlebnis zu machen. So gesehen war Feinkost Fuchs seiner Zeit weit voraus mit der peniblen Sauberkeit, dem ständig devoten Umwerben der Kundschaft und dem Animieren zu Impulskäufen: »Gnä' Frau« hin, »Gnä' Frau« her. Und: »Bitte sehr, liebe Dame ... probieren S' ruhig.« »No, was hab ich g'sagt, schön fest, der Kochsalat, gell? Bitte sehr, liebe Dame ...«

Meine Mutter, die einmal notgedrungen bei Feinkost Fuchs das Notwendigste einkaufen musste, weil Delikatessen Kiesling wegen Krankheit oder Todesfall zwei Tage geschlossen hatte und auch der Herr Gasser seine segensreiche Tätigkeit nicht aufnehmen konnte, kam nach Hause und sagte: »Was glaubt dieser Fuchs eigentlich? Ich bin nicht seine ›liebe Dame‹. Und sie ist ang'schmiert wie eine ... alte Badhur, möcht man fast sagen.«

Das war bei Delikatessen Kiesling ganz anders. Frau Kiesling war stets ungeschminkt, solid unauffällig gekleidet, und ein »liebe Dame« wäre ihr nie über die Lippen gekommen. Sie bediente sachlich, kompetent, ließ allerdings keine Dame den Salat oder sonst etwas betappen. »Bitte die Ware nicht zu berühren. Wir haben alle grausliche Bakterien auf den Händen. Wenn ich Ihnen sag, der Salat ist schön fest, dann dürfen S' mir das ruhig glauben.« Frau Kiesling wusste zum Beispiel, wie die Kinder der Kundschaft hießen, und sagte auch zu mir »Gucki«, denn ich war in diesem anderen Leben nicht der Josef, nicht der Seppi und schon gar nicht der Joesi; ich war der Gucki. Weil ich so große Augen hatte.

Ich frage mich heute oft, wenn ich in Spiegel schaue, wie klein mein Kopf damals gewesen sein musste, dass meine Augen in ihm so groß wirkten und deshalb den Spitznamen »Gucki« rechtfertigten. Heute ist mein Kopf so groß, dass ich ... ach lassen wir das.

Frau Kiesling hatte für mich wie für jedes Kind ein *Radl Extra* übrig, das sie über die Budel mit den Worten reichte: »So, brav essen und schön beißen, Gucki.« Sogar die

Hunde bekamen hie und da eine Knackwurst. Eine Freigebigkeit, die es bei Feinkost Fuchs nicht gab. Hunde mussten ausnahmslos draußen vor dem Geschäft angehängt werden, bei einer Tafel, auf die zwei Hunde gezeichnet waren und auf der geschrieben stand: »Wir dürfen nicht hinein.« Die Familie Fuchs war nicht der Menschenschlag, der etwas verschenkte. Irgendetwas sperrte sich ihnen, was herzugeben. Wahrscheinlich litten sie auch unter Verstopfung.

Frau Kiesling, das gaben sogar eingefleischte Fuchs-Kunden zu, war ihnen a prima vista sympathisch, ganz im Gegensatz zu Herrn Fuchs.

Wie es zu dieser lokalen Fehde gekommen war, wusste, wie gesagt, niemand. Unter Fuchs-Kunden und Kiesling-Käufern gab es keine Freundschaft, die Tochter eines *Kieslingers* durfte sich offiziell nichts mit einem *Fuchs* anfangen. Es war ihnen verboten, in der Schule nebeneinander zu sitzen, dadurch kam es zu durchaus Shakespeare'schen oder zumindest Nestroy'schen Dramen.

Die Rivalität zwischen Delikatessen Kiesling und Feinkost Fuchs war also – wie alles Konfessionelle – durchaus irrational, jedoch darf etwas nicht unerwähnt bleiben und liefert letztlich vielleicht sogar den Ansatz einer vernünftigen Erklärung für das Phänomen Kiesling vs. Fuchs.

Und diese Tatsache hat mit Herrn Gasser zu tun. Herr Gasser, ein alter Mann, wenn man ihn so ansah, obwohl trotz seines ausgeprägten Rundrückens (Fuchs-Kundinnen sprachen oft vom »Bugladen Gasser«) noch immer größer als die meisten Liebhartstaler, mit seinem zerfurchten Gesicht, mit Brillen, die so stark waren, dass seine Augen klein wie Stecknadelköpfe wirkten, seinen riesigen Händen und seinem ganzen Habitus, seinem bedächtigen Gang, wirkte wie ein Mensch gewordenes Lasttier, wie ein lamm-frommer Gaul, der mühelos, in jeder Hand eine Einkaufs-tasche, von Delikatessen Kiesling zu zwei Adressen gehen konnte, leer zurückstampfte, wieder mit zwei Einkaufs-taschen beladen wurde und so fort. Den ganzen und vor allem fast jeden Tag.

Herr Gasser, der große, alte Mann – ja, sagen wir, wie es ist –, hatte die Kontrolle über gewisse Äußerungen seines Körpers verloren. Bei jedem Schritt, den er tat, ja beinahe bei jeder Bewegung, die er ausführte, entwich ihm kurz, prägnant, ja fast energisch, Luft aus seinem Enddarm, was viele Leute abstieß. Und die dadurch mit dem Herrn Gasser und auch gleich mit der Frau Kiesling nichts zu tun haben wollten. Man sagte: »Er kann ja nichts dafür, aber ich muss sagen, mir graust, wenn ich mir denk ... der tragt ja doch Essen zu mir nach Hause, und bei jedem Schritt ... Nein, pfui Teufel.«

Delikatessen Kiesling verlor aufgrund eines Vorkomm-nisses zumindest vorübergehend ein paar Stammkunden an Feinkost Fuchs, denn eines Tages stand der Herr Gasser im mit Damen vollen Geschäft und räumte eine Kiste Herren-champignons in den schmucken Korb für die Auslage um. Zu diesem Behufe musste er sich immer wieder hindrehen, hinunterbeugen, herdrehen und aufrichten, und das immer und immer wieder in dieser Reihenfolge, was, wie sich den-ken lässt, zu teils überdeutlichen digestiven Signalen des Herrn Gasser führte. Frau Kiesling sagte daher genervt und vor allem streng: »Herr Gasser, ich bitt Sie, schaßeln S' da nicht herum, das ist ein Delikatessengeschäft!«

Und stieß mit dieser Unmissverständlichkeit in Sprache und Ausdruck die Kundinnen gewissermaßen mit der Nase auf die Diskrepanz zwischen Darmgasen und Delikatessen.

Die Kinder liefen immer frecher und in geringerer Distanz hinter Herrn Gasser her und fanden das teilweise machinengewehrhafte rektale Knattern zum Schreien komisch. Herr Gasser bemerkte das alles gar nicht. Selbstvergessen und voll Demut trug er mit schweren Schritten, nichtsdestoweniger geräuschvoll, die Ware aus. Von einer Dame einmal diskret auf sein Manko angesprochen, und aufgefordert, doch deswegen einmal einen Arzt aufzusuchen, schaute Herr Gasser diese nur befremdet an und fragte: »Was meinen Sie denn, gnä' Frau? Welches Manko? Warum soll ich denn zum Doktor gehen? Mir fehlt ja nichts ... und Hand aufs Herz, gnä' Frau, jünger werden wir alle nicht.«

Hob zwei Einkaufstaschen mit festem Griff auf, ließ einen fahren und ging seines Weges.

Zu welchem Arzt wäre Herr Gasser gegangen, wäre seine Eigenheit bis in sein Wachbewusstsein vorgedrungen? Und gesetzt den Fall, er hätte ärztliches Einschreiten in Erwägung gezogen. Selbstverständlich zu Herrn Dr. Allinger.

Dr. Allinger war der Hausarzt für alle und jeden, da wurde nicht differenziert, egal ob eine Familie Kieslingers oder Fuchsens war, alle waren Patienten bei Dr. Allinger, dem Hausarzt ihres Vertrauens, der bis in die Nacht hinein Hausbesuche machte und für mich, als Kind, immer der »Onkel Allinger« war.

Dr. Allinger aber tat etwas, was damals vollkommen normal und keiner Erwähnung wert gewesen wäre, heute jedoch berichtet werden muss, denn heute wäre Dr. Allinger brot- und wahrscheinlich obdachlos, wenn nicht überhaupt hinter Schloss und Riegel.

Dr. Allinger rauchte. Und nicht nur das. Es war bekannt, dass er gerne im Starchant saß und das eine oder andere Achtel Feuersbrunner zu sich nahm. Herr Hans meinte oft, wenn ein Gast auf die Frage »No, doch ein Achterl noch?« zögerte: »Trinken S' ruhig noch eines, das muss g'sund sein. Da schaun S', der Dr. Allinger hat auch grad wieder eins bestellt.«

In seiner Ordination roch es wie in einem versifften Espresso, im Wartezimmer auch, weil ja die Patienten ebenfalls rauchen durften, wenn nicht sogar mussten.

Auf Dr. Allingers Schreibtisch lag immer eine zerknitterte Packung (*Soft-Box*, wie man heute sagen würde) »Johnny«, ohne Filter, im Aschenbecher hauchte meist ein Stummel gerade sein Leben aus, und wenn man im Patientensessel schräg vis-à-vis von Dr. Allinger Platz genommen hatte, zündete er sich eine neue »Johnny« an, machte einen tiefen Zug, wartete einem stumm, nur mit einer auffordernden Geste, eine Zigarette auf und sagte schließlich auffordernd: »No?«

Und dann hörte er zu, ließ seine Patienten reden, rauchte dabei in Ruhe eine, oft zwei Zigaretten, nickte voll Anteilnahme, blies einem den Zigarettenrauch mit interessiertem Blick ins Gesicht und war aus dieser scheinbaren Zuwendung heraus gewissermaßen auch seelsorgerisch tätig. Am Ende so einer – buchstäblichen – Sprech*stunde* schrieb Dr. Allinger ein Rezept, wünschte baldige Besserung, hustete und rief den nächsten Patienten auf.

Seine Finger, besonders Daumen, Zeige- und Mittelfinger, waren bis zum zweiten Glied dunkelgelb, ja fast schon braun von Teer und Nikotin.

Er starb mit knappen 60, aber nicht an den Folgen starken Rauchens. Und wenn, dann nur mittelbar. Er hatte einen tödlichen Autounfall, weil er während der Fahrt eine Zigarette anzünden wollte, sein Zigarettenanzünder im Auto aber nicht funktionierte und er nach seinen Zündhölzern in der Hosentasche fingerte, dabei, wie meine Mutter sagte, »die Herrschaft über den Wagen verlor«, auf die Gegenfahrbahn kam und … aus. Woher meine Mutter oder andere Liebhartstaler das wussten, danach fragte ich damals nicht. Für die so plötzlich im Stich gelassenen

Patienten aber stand diese Todesursache unverrückbar fest. Böse Zungen behaupteten allerdings, Dr. Allinger wäre betrunken gewesen. Aber das wurde als Blödsinn abgetan, denn damals galt: Wenn man was getrunken hatte, fuhr man am besten.

Nach Dr. Allinger kam Dr. Schisterl. Schon sein Name signalisierte den Liebhartstalern, dass er kein richtig guter Arzt sein konnte, überdies rauchte Dr. Schisterl nicht, war strikter Antialkoholiker, ja warnte immer wieder unmissverständlich vor den Gefahren des Alkohol- und Tabakgenusses und war deswegen entsprechend unbeliebt. Auch hängten ihm die Liebhartstaler den Ruf eines schlechten Diagnostikers an, denn er ließ die Patienten nicht ausufernd schwafeln, sondern stellte gezielte Fragen, beriet kurz, schrieb ein Rezept und warf den Patienten, wenn auch durchaus höflich, so doch mit Nachdruck hinaus. Dr. Schisterls Unbeliebtheit steigerte sich in Ablehnung, weil er – ganz im Gegensatz zum verstorbenen Dr. Allinger – oft gar kein Medikament verschrieb, sondern zur Anwendung einfacher Hausmittel riet. Oder gar – und das war das sicherste Zeichen, dass er kein guter Arzt war – Medikamente, die Dr. Allinger ohne zu zögern verschrieben hatte, selbst auf ausdrücklichen Wunsch nicht mehr verschrieb.

Trotzdem gingen so gut wie alle weiterhin zu Dr. Schisterl, der die Ordinationsräumlichkeiten von Dr. Allinger übernommen hatte. Vielleicht, weil es da noch nach Dr. Allinger roch. Denn es war Dr. Schisterl trotz tage- und nächtelangen Lüftens und obwohl die Ordination neu ausgemalt worden war, nicht gelungen, die posthume olfaktorische Anwesenheit des Dr. Allinger zu vernichten.

Noch dazu war der nächstgelegene Hausarzt nur per Autobus oder in einem fast 20-minütigen Fußmarsch zu erreichen.

Im Liebhartstal hieß es: »Der Dr. Schisterl ist ein praktischer Arzt.«

»Ja, aber nur, weil er in der Nähe ist.«

Eine Patientin, die mit Dr. Allinger sehr glücklich gewesen war, war die Frau Palme. Sie sprach praktisch über nichts anderes als ihre Beschwerden, und Dr. Allinger rauchte oft bis zu fünf Zigaretten, bis sie mit der umfassenden Schilderung ihrer Symptome fertig war; sie musste jetzt, nolens volens zur Einsilbigkeit gezwungen, Dr. Schisterl konsultieren, der ihr nach zwei, drei Sätzen schroff ins Wort fiel und sie mit der Aufforderung, doch öfter einmal an die frische Luft zu gehen, aus der Ordination komplimentierte.

Frau Palme war mir in mehrfacher Hinsicht unvergesslich. Da war zunächst die Tatsache, dass sie mit tschechischem Akzent sprach und alles zwei Mal sagte, das Gesagte aber nicht einfach wiederholte, sondern es das zweite Mal auch anders betonte. Sie sagte immer »Grieß *God, Grieß* God«, wenn sie kam, um meine Großmutter zu besuchen.

Bemerkenswert war auch ihr Aussehen. Eine Art weißgrauer Bubikopf umrahmte ihr unendlich gütiges Gesicht, auf dem immer ein naiv-verbindliches, ja fast schon seliges Lächeln lag. In krassem Gegensatz zu dieser Fröhlichkeit auf ihren Zügen stand ihr stetiges Jammern über ihre Krankheiten, über ihre Schmerzen und ihre Beschwerden. Frau Palme klagte mit dem fidelsten Gesichtsausdruck, den man sich nur denken konnte: »Jesus Maria … dos Kreiz is sich a *Scharamerz,* dos *Kreiz* is sich a Scharamerz, der Herrgott wird doch wissen, *wos* ich muss leiden … der Herrgott wird *doch* wissen.« Oder wenn sie irgendetwas von hier nach da trug, sagte sie mit froher Miene: »Oh Gott, oh Gott, meine *Fiße ... Oh Gott, oh Gott,* meine Fiße!« In Anlehnung daran antwortete sie strahlend, wenn man ihr zu Weihnachten oder zu anderen Anlässen alles Gute wünschte: »Dankeschen ... ich wär schon froh mit *neie Fiße* ... ich wär schon *froh* mit neie Fiße!«

Frau Palme kam zwar drei- bis viermal die Woche auf Besuch, dafür blieb sie gleich fünf Stunden.

Die Großmutter und Frau Palme hatten einander auf eigentümliche Weise ins Herz geschlossen. Sie saßen da und sprachen über ihre Beschwerden. Wobei Frau Palme neben *ihren* Krankheiten nichts gelten ließ. Wenn die Großmutter beispielsweise darüber klagte, dass sie hie und da in der linken Schulter »aber schon derartige« Schmerzen hätte, die sich den ganzen Oberarm hinunterzogen, bis zum Ellbogen, auf dem sie sowieso alle Augenblicke eine Schleimbeutelentzündung hatte, so kommentierte die Frau Palme das nur mit einer wegwerfenden Handbewegung und meinte geringschätzig: »Ah, das hab ich schon *lang!* Ah, *das* hab ich schon lang!« Und parierte mit einem vollständig toten Gefühl im linken Bein, das sich oft bis in die Nieren hineinzog. Und die Ärzte fanden selbstverständlich nichts: »Man misste schon *ver*bluten, bis dass ein so ein Doktor weiß, wos ma hot. Man misste schon ver*bluten.*«

Für mich hatten die Geplänkel zwischen Frau Palme und meiner Großmutter tatsächlich Sportcharakter. Denn wenn meine Großmutter versuchte, mit einem Lungenemphysem zu punkten, so wurde dieser Punkt mit einem bagatellisierenden: »Ah, das hab ich schon *lang!* Ah, *das* hab ich schon lang!« einfach annulliert, worauf Frau Palme mit einem angeborenen Herzklappenfehler und einem Vorkammerflimmern konterte und diese Runde, wie alle, souverän für sich entschied.

Als Frau Palme die Mitteilung über den Tod meiner Großmutter erreichte, stand sie wie vom Donner gerührt da, wobei man nicht sagen konnte, ob es Trauer war oder doch eher die Enttäuschung über das letztlich verlorene Match.

Sie fasste sich rasch und sagte, ohne dass ihre unlogische Heiterkeit aus ihrem Antlitz wich, wenn auch mit einem gewissermaßen trotzigen Unterton: »Ah, das hab ich schon *lang*! Ah, *das* hab ich schon lang!«

Sie hatte auch eine Schwester in Mürzzuschlag, aber das ist ja jetzt egal.

Frau Koraschitz war *unsere* Hausmeisterin. Damals gab es so was wie HausmeisterInnen ja noch.

Wir wohnten in der Funkengerngasse 21a, Tür 7.

Als Kind wurde mir eingebläut, wenn ich mich verirren, hilf- und orientierungslos in einer mir unbekannten Gegend herumstehen sollte, dann möge ich jemanden ansprechen und sagen: »Ich heiße Josef Prokopetz und wohne im 16. Bezirk, in der Funkengerngasse 21a, Tür 7.«

Es wird, spüre ich, wieder Zeit für eine Beruhigungstablette. Aufregung wäre jetzt die ganz verkehrte innere Haltung. Denn diese Geschichte soll auch zeigen, über welch überreichen Wortschatz die Liebhartstaler verfügten, um einander zu beschimpfen. Ein Schatz, der aus Worten bestand, die man heute kaum oder gar nicht mehr gebraucht, ja sie teilweise vollständig in Vergessenheit geraten sind.

Frau Koraschitz war nicht nur unsere Hausmeisterin, sie war auch die erste kämpferische Nichtraucherin. Wenn sie jemanden ertappte, wie er im Stiegenhaus rauchte, war sie, wie meine Mutter sagte, »wie eine Furie«. Und wenn sie beim Reinigen im Treppenhaus einen *Tschick* fand, schwor sie in einem leidenschaftlichen Selbstgespräch furchtbare Rache: »Wenn ich den erwisch, der im Stiegenhaus seine stinkerten Tschick wegschmeißt, no der kann sich was anhören, die Drecksau!«

Interessant ist hier, dass *der,* der seine Tschick wegge-schmissen hat, *die* Drecksau war.

Erwischte sie gar Jugendliche beim heimlichen Rauchen, dann ging es mit ihr durch: »Hört's auf der Stelle zum Rauchen auf, ihr Rabenviecher! Ihr habt's eh einen Orsch, da braucht's nix rauchen, man weiß auch so, wo vorn und hinten ist bei euch! Nicht protzmäulen und blöd schaun! Ausdämpfen und z'Haus wegschmeißen, die Tschick, aber dalli!« Dann wendete sie sich ab und murmelte: »Nicht grad brunzen können, aber rauchen, diese Bankerten!«

Frau Koraschitz war Witwe, ihr Mann war, wie sie sagte, »im Krieg geblieben«. Sie galt als alleinstehend, obwohl ihr ein »schlampertes Verhältnis« mit Herrn Krpecz nachgesagt wurde. Frau Koraschitz war eine große, grobknochige Frau. Ihr Mann, Herr Krpecz – klein, untersetzt –, war für die Grünanlagen in der Siedlung zuständig und wurde allgemein »der Gärtner« genannt. Ich kannte Herrn Krpecz nicht anders als mit einer ockerfarbenen Latzhose bekleidet, zu der er jahraus, jahrein Gummistiefeln trug. Wenn man Herrn Krpecz fragte, wie es ihm ginge, so antwortete er stereotyp: »Wie soll's schon gehen, den ganzen Tag in Gummistiefeln?«

Frau Koraschitz war nie freundlich, sie blieb gewissermaßen immer dienstlich und kam ihren Pflichten mit beispielhafter Sorgfalt nach, was dazu führte, dass zwischen den *Genossenschaftern* und der Frau Koraschitz nie ein Klima der Verbindlichkeit aufkam. Aber sie wurde respektiert – in Wahrheit, muss man sagen, gefürchtet.

Denn Frau Koraschitz war eine entschlossene *Einschreiterin.* Sie schritt rigoros ein, wenn von uns Kindern in der

Wohnhausanlage Fußball gespielt wurde, was auf zahlreichen Blechschildern, die solid in die Außenmauern der Wohnhäuser geschraubt waren, ganz klar verboten war: »Fußballspielen in der Wohnauslage strengstens untersagt.«

Wenn trotz dieses unmissverständlichen Verbotes *ballestert* wurde, schritt Frau Koraschitz sofort ein: »Kennt's ihr nicht lesen, ihr Bampaletsch'n, ihr nichtsnutzigen? Sofort hört's ihr auf oder ich zerschneid euch euer Fetz'nlaberl!«

Mmmmm … es ist immer wieder herrlich, wenn die sechs Milligramm Bromazepan »einfahren«, wie gesagt wird. Weitgehend unnervös kann ich weiter berichten.

Ebenso deutlich auf zahlreichen Blechtafeln war »Singen und Lärmen« verboten. Wenn jemand nach einem Heurigenbesuch – und das Liebhartstal bot viele Gelegenheiten zu einem solchen – abends fidel singend heimkehrte, so ging das hausmeisterliche Fenster im Parterre auf (Hausmeisterwohnungen lagen damals stets im Erdgeschoss) und Frau Koraschitz rief in einem keinen Widerspruch duldenden Tone: »Guuusch, du Brüllaff!«

Und Ruhe war.

Auch »Betteln und Hausieren« war unübersehbar nicht gestattet. Wenn es also einem armen Teufel gelungen war, sich ins Haus zu schleichen, entweder um Geld zu schnorren oder Schuhbänder, Schuhriemen, Bürsten, Kämme, Streichhölzer und Ähnliches zu verkaufen, konnte Frau Koraschitz durchaus massiv werden: »Wie oft hab ich dir schon g'sagt, du Rayonsbalanzer (*hieß so viel wie Bezirksbettler; heute nicht mehr gebräuchlich*), du windiger, bei uns machst du keine Glöckerlpartie. Wann ich dich noch einmal da seh, lass ich dich einsperren, du arbeitsscheues G'sindl!«

Auch hier sei auf eine semantische Besonderheit hingewiesen. Sie titulierte den singulären Bettler oder Hausierer mit dem pluralen Gattungsbegriff *G'sindl*, wahrscheinlich um deutlich auf den sozialen Bodensatz hinzuweisen, welchem der Betreffende ihrer Meinung zugehörig war.

Frau Koraschitz schritt aber, trotz ihrer eigenen verbalen Deutlichkeit, auch ein, wenn sie Zeuge von *Ordinäritäten* wurde, in erster Linie des Herrn Korbut, des Installateurs der Genossenschaftsanlage. Herr Korbut wurde immer gerufen, wenn beispielweise ein Klo verstopft war oder wenn – und das war damals häufig der Fall – ein Durchlauferhitzer nicht ordnungsgemäß funktionierte.

Dann kam Herr Korbut. Ein vierschrötiger, finster blickender Mann in seinem Blauzeug, eine großzügig dimensionierte, sichtlich sehr schwere, stark angerostete Metallkiste an einem martialischen Lederriemen um die Schulter. Er schlurfte, um das Gewicht dieser Kiste auf der einen Schulter auszugleichen, stark auf die Gegenseite geneigt herbei, wuchtete seine Kiste neben den fehlerhaften Durchlauferhitzer, zog geräuschvoll durch die Nase auf und schluckte mit einem nicht zu übersehenden Auf- und Absprung des Kehlkopfes, was auch immer, hinunter. Herr Korbut, konnte gesagt werden, war Eigenspeichelschlucker. Nachdem er den meist durch Abnützung entstandenen Mangel des Durchlauferhitzers diagnostiziert hatte, begann er, diesen fachmännisch zu beheben. Er fischte zu diesem Behufe allerlei Gerät und Werkzeug aus seiner ominösen Kiste und machte sich ans Werk. Allerdings dergestalt, dass er während seiner durchaus segensreichen Tätigkeit den Durchlauferhitzer aufs Wüsteste beschimpfte: »No, du Drecksg'stell, du bestiges … dein Bimetall is hin. No, pass auf, du Klumpertkastl, du unnötiges. Mir machst du kane Manderln. Pass auf, i schraub dir die Muff'n ab, deine verschissenen … Harrgott, geh scho auf, du Trottelschraub'n, du depperte, sonst zwick ich dir den ganzen Geber ab, du Schmarrn, du mistiger. Da schaun S', gnä' Frau, wie die beim Siemens arbeiten, de Verbrecher! Des is alles aufs Hinwerden g'macht! De bauen die Macheloikes gleich von vornherein ein, de miesen G'sichter! Die g'hörerten alle … «

Und hier schritt Frau Koraschitz ein, wenn sie denn Zeugin des rituellen Beschimpfens der fehlerhaften Materie seitens Herrn Korbuts wurde. Vor allem, wenn ein neugieriges Kind zuschaute und gar zuhörte! Denn sie wusste, jetzt kamen Verwünschungen, die bis zu überaus verwerflichen sexuellen Praktiken gehen würden: »Sie, jetzt ist's aber genug mit Ihre hundsordinären … ding. Nehmen S' ein bissl eine Rücksicht auf das Kind da! Wie kommt denn so ein Patscherl dazu, dass es sich anhören muss, wenn Sie reden als wie ein Kapskutscher? Halten S' Ihner Lawutsch'n und denken s' Ihnen Ihnere Sauerein!«

Was genau ein *Kapskutscher* war, recherchieren Sie bitte selbst, ich weiß es nicht. Ich weiß nur, ein Kapskutscher war das Paradigma für den Vertreter einer sich besonders vulgär ausdrückenden Berufsgruppe. No, und was eine *Lawutsch'n* ist, erkennen Sie ja aus dem Zusammenhang.

Herr Korbut riss sich dann eine Weile zusammen, murmelte nur etwas von: »Die muss was reden, die alte Pfludern. Redet selber wie eine Hausmeisterin … aber matschgern …« Wenn Herr Korbut schließlich den Durchlauferhitzer wieder zu tadelloser Funktion gewissermaßen gezwungen hatte, hievte er sich seine mysteriöse Kiste mit dem Lederriemen auf eine Schulter, sagte noch so etwas wie »So, gnä Frau, jetzt geht er wieder, der Sautrottel«, und schlurfte, nachdem er umständlich kassiert hatte, von dannen.

Frau Koraschitz schritt auch ein, wenn mitten in der Nacht die nicht mehr ganz so junge Elfriede Matzku die Wohnungstür aufriss und rief: »Hilfe, Hilfe! Er schlagt mich schon wieder!«

Und wenn Herr Robert Matzku seiner Frau dann nachbrüllte: »Du hysterische Funs'n! Wenns d' vor die Leut noch einmal sagst, dass ich dich schlag, hau ich dir eine hinein!«

Frau Koraschitz brauchte dann nur ins Stiegenhaus zu rufen: »Soll ich wieder die Gendarmerie rufen, Herr Matzku? Sofort ist eine Ruhe! Das möcht ich doch wissen, wer da wem eine hineinhaut.«

Frau Koraschitz duldete auch nicht, dass zum Beispiel der Pöcher Robert, der Chef der *Mopedbande*, einer Gang von Halbwüchsigen in der Siedlung, mit dem schönsten Mädchen des Liebhartstales – was heißt? Der Welt! –, mit Doris Türk, der Tochter unserer Wohnungsnachbarn, in irgendwelchen Ecken stand und mit ihr schmuste. Die Wände der Wohnungen, so hieß es allenthalben in der Siedlung, »hatten Ohren«, und so hörte ich oft, wie der Herr Türk der Doris schwere Vorhaltungen machte, alle möglichen Strafen verhängte. Und ich hörte, wie Doris weinte. Ich empfand, muss ich gestehen, klammheimliche

Freude, dass der Herr Türk den Umgang seiner anmutigen Tochter mit dem Robert nicht guthieß. Was musste sie auch mit dem Pöcher Robert gehen? Mit mir hätte sie gehen sollen. Wir waren Nachbarn. Gegen mich hätte der Herr Türk sicher nichts gehabt. Von uns wusste er, dass wir anständige Leute waren. Obwohl mein Vater ein Roter war.

Der Pöcher Robert war der Sohn des Onkel Peppi, hatte weißblondes Haar und, wie es damals hieß, ein *ausrasiertes Packel* hinten und eine *Gatschwelln* vorne, also eine Frisur wie Elvis Presley, der – nicht nur im Liebhartstal – allgemein *der Breslmeier* hieß.

Er besaß eine hellblaue, aggressiv ratternde Puch Sissy, was in diesen Tagen State of the Art war, was Mopeds betraf. Er hatte sich den Schwarm aller Buben, nämlich die Doris Türk, angelacht und wurde deswegen gleichermaßen gehasst, beneidet und bewundert. Doris war so um die 16 und Lehrmädchen in der Kohlenhandlung und Drogerie »Peters«, welche auch eine Parfümerie-Abteilung hatte, in der Doris vorrangig tätig war. Sie roch daher naturgemäß immer verlockend nach Kölnischwässern, war eins a geschminkt und sah ein wenig aus wie Karin Dor, die in der Verfilmung von Karl Mays »Winnetou II« die Tochter des Häuptlings der Assiniboin-Indianer, Ribanna, Winnetous große – und einzige – Liebe spielte. Diese wunderschöne Doris Türk hatte sich der Pöcher Robert, der Automechanikerlehrling im letzten Lehrjahr war, aufgerissen. Im Gegensatz zu Doris roch Robert nicht nach der großen, weiten Welt, sondern es umwehte ihn immer ein zartes Benzin- und Dieselbouquet. Seine Hände waren zu keiner Zeit so zart, weiß und maniküt wie die der Doris, sondern immer mit einer Patina von Schmierölresten oder sonstigen von schwer bis gar nicht zu entfernenden Petrolprodukten überzogen.

Trotz alldem: Wenn der Pöcher Robert, vor den Fenstern der Doris den Gasknauf seiner Sissy zwei-, dreimal drehte, der Zweitaktmotor sirenenartig aufheulte, er den im Hosengürtel steckenden Metallkamm auf eine kaum zu beschreibende männliche Art herauszog und sich mit diesem langsam und dabei in unendliche Weiten blickend korrigierend durchs Haar fuhr, dann eilte Doris, schön wie ein Frühlingsmorgen, aus dem Haus, saß hinten auf. Robert legte einen kleinen Kavalierstart hin, die Sissy kreischte, und weg waren sie.

Wir Buben, die wir so zwischen neun und zwölf Jahre alt waren, wussten aber immer, wohin die beiden fuhren, nämlich in ein Liebesnest aus Büschen und jungen Bäumen in der vollkommen desolaten Parkanlage rund um die Kuffner-Sternwarte. Dort saßen sie auf einem gefällten Baumstamm, schmusten, rauchten und sprachen kaum. Manchmal hatte der Pöcher Robert einen transportablen Plattenspieler für Single-Schallplatten mit, der in einem Sound, der seiner aufheulenden Sissy nicht unähnlich war, eiernd 45er wie »(You ain't nothing but a) Hound Dog«, »My Skinny Minny (is a crazy chick)« oder aber »Rote Lippen soll man küssen« abspielte. Wir versuchten die beiden zu belauschen, wurden aber von Robert immer wieder entdeckt: »Schleicht's euch, es G'schrappn, subtrahiert's eich, macht's Meter, varkummt's, geht's ham und passt's auf die Möbeln auf, Abflug!«

Man sieht hier sehr schön die Vielfalt der Synonyma, die in Österreich vorrätig sind, um jemandem nahezulegen, sich zu entfernen. Eine Vielfalt, die bei der um sich greifenden Sprachverarmung vor allem jüngerer Menschen nicht mehr zum Tragen kommt.

Wenn jedoch Frau Koraschitz das Geschrei des Mopeds gar zusammen mit dem aus dem transportablen Plattenspieler hörte, noch dazu vielleicht gar in Tateinheit mit öffentlichem Schmusen, dann nutzten dem Pöcher Robert seine ganzen Synonyma nichts mehr: »Ja, wird da a Ruh sein, mit deiner Kreiwekrax'n, mit der Benzinschleudern doda und mit der Negermusik? Und hört's sofort auf mit der ewigen Abschnutzlerei! Eich gegenseitig die Schlecker in Hals hinein zum hängen, schamt's es euch denn gar net? Es seid's ja wie die läufigen Hundsviecher … so was!« Im Abgehen beschwerte sie sich noch über die Abwesenheit der Exekutive, wenn man sie einmal wirklich gebraucht hätte: »Da ist kein Wachmann da!«

Frau Koraschitz hatte den ersten Fernseher in der Siedlung. Einen Fernsehapparat, wie damals gesagt wurde. Ein Gerät der modernen Unterhaltungselektronik, das man gemeinhin nur aus Schaufenstern einschlägiger Einzelhändler kannte und das als weitgehend unerschwinglich galt.

Am Abend konnte man einen bläulich-weißen Schimmer aus den Parterrefenstern der Wohnung von Frau Koraschitz sehen, und wenn man kurz stehen blieb, um einen ungebührlich langen Blick ins Wohnzimmer zu werfen, dann konnte man auf der Couch auch Herrn Krpecz sitzen sehen, wie er sich, ohne seine Gummistiefel, erleichtert die Füße massierte.

Es muss wohl nicht besonders bemerkt werden, dass, nachdem jetzt schon »jede Hausmeisterin« einen Fernseher besaß, die Starchanter sich ins Unvermeidliche fügten und sich ebenfalls einen Fernseher gleich mitsamt einer *Libelle* – einer Zimmerantenne – anschafften.

Aber bis zu dem Tag, an dem die Starchant-Siedlung flächendeckend mit Fernsehgeräten versorgt war, war es noch lange hin. Die Frau Koraschitz wurde beneidet, ja verdächtigt. Unter vorgehaltener Hand mauschelte man: »No, die muss viel Geld haben, dass sie sich einen Fernsehapparat leisten kann.«

»Kunststück, sie hat ja quasi keine Ausgaben, zahlt nichts für die Wohnung, wahrscheinlich zahlt sie für Strom und Gas auch nichts ...«

»Vielleicht, dass sie dem armen Krpecz das Geld aus der Tasch'n stiehlt?«

Offen wagte es aber niemand, die Frau Koraschitz, wenn auch nur scheinheilig, nach der Herkunft des Geldes zu fragen, mit dem sie den Fernseher gekauft hatte.

Denn Frau Koraschitz zeigte sich sehr großzügig.

Jeden Mittwoch um 17.00 Uhr durften wir Kinder bei ihr das Kasperltheater im Fernsehen anschauen.

Ja, damals *durften* die Kinder fernsehen, heute *müssen* sie, damit man eine Ruhe von ihnen hat und sie dadurch die widerwärtigen Erwachsenen werden, denen wir tagtäglich begegnen.

Wir durften also Kasperl schauen, die Großmutter, den Petzi, die Prinzessin Siebensüß, den Räuber Hotzenplotz, den Riesen Timpetu und den bösen Zauberer Abhokussim.

Und dafür brauchte die Frau Koraschitz einen guten Magen. Denn die Kinder waren außer Rand und Band. Gar nicht zu reden, dass jeder einen Himbeersaft oder eine Milch oder sonst was wollte oder *Lulu* musste, wo in der Aufregung, die der Fernsehkasperl hervorrief, schon einmal was danebenging. Frau Koraschitz rügte die Kinder, selbstverständlich nur die Buben: »Könnt's ihr denn mit eichere Probierspatzerln net in die Muschel hineinpischen? Müsst ihr schon als kleine Buben soiche Schweindln sein, die ihr dann als Mannsbilder euer Leb'n lang bleibt's?«

Aber wenn die Kinder völlig losgelöst schrien: »Kaaaschperl! Kaaaschperl!«, weil irgendein Bösewicht in seiner unsympathischen Art den Kindern befohlen hatte, ja nicht den Kasperl zu rufen, dann lächelte Frau Koraschitz versonnen und wischte am Klo das Danebengegangene weg.

Ich muss sagen, ich empfand den Kasperl ja nicht als besonders intelligent. Immer musste man ihn rufen, weil er nie zur richtigen Zeit am richtigen Ort war, und wenn er dann kam, fragte er meist ganz aufgeregt: »Wo ist denn der böse Zauberer, Kinder? Wo ist er denn?«, obwohl dieser drei Zentimeter hinter ihm stand. Wir brüllten uns die Seele aus dem Leib: »Hinter dir! Achtung Kasperl, hinter dir!« Dann drehte sich der Kasperl um, sah den Zauberer, erschrak furchtbar und rannte wieder davon, worauf der Bösewicht hämisch feixte. Wenn die Frau Koraschitz das sah, sagte sie amüsiert: »Euer Kasperl ist ein ganz ein schöner Trottel, was?« Wir Kinder beeinspruchten diese Äußerung zwar, jedoch mit einer gewissen Halbherzigkeit.

Durch die Fernsehnachmittage für die Kinder war Frau Koraschitz bald über jede dubiose Fernseher-Erschleichung erhaben, ja noch mehr geschätzt als vorher, muss man sagen, denn beliebt war Frau Koraschitz ja nie.

Als meine Mutter Frau Koraschitz einmal im Stiegenhaus bei der Reinigung der Handläufe antraf, grüßte sie, wie es sich gehörte, und getraute sich, sie zu fragen: »Sagen Sie, Frau Koraschitz, wie machen Sie das, dass alle im Haus so einen Respekt haben vor Ihnen?«

Da sagte Frau Koraschitz, ohne ihre Tätigkeit zu unterbrechen, den Satz, der die bürgerliche Gesellschaft nach 1960 immer mehr zu prägen begann. Sie sagte leichthin: »Wischen ist Macht!«

Das Liebhartstal gibt es selbstverständlich noch, und genauso selbstverständlich hat es sich verändert.

Ich wohne jetzt ja schon seit Jahrzehnten nicht mehr dort und bin in dieser Zeit vielleicht vier, fünf Mal hingekommen, weil ich in mittelbarer Nähe zu tun hatte.

Die Funkengerngasse heißt nicht mehr so. Sie heißt jetzt Rolandweg. Warum? Ich weiß es nicht. Den Sternwartepark, einst amouröses Versteck für den Pöcher Robert und Doris Türk, gibt es nicht mehr, dort stehen Häuser mit Eigentumswohnungen; sowohl Delikatessen Kiesling als auch Feinkost Fuchs sind verschwunden.

Und ich habe im Laufe der Zeit vergessen, dass ich hier ja der »Gucki« war.

Als ich das vorläufig letzte Mal im Liebhartstal war, aus reiner Sentimentalität, war durch Zufall die Tür zum Haus Funkengerngasse 21a – jetzt Rolandweg – nicht ins elektronische Schloss gefallen. Ich drückte sie auf und betrat das zu meinem Erstaunen so gut wie unveränderte Stiegenhaus, das dadurch naturgemäß Vergangenheit und Vergänglichkeit zugleich atmete. Ich ging leise – denn ich sollte gar nicht da sein, kam mir vor – in den zweiten Stock zur Tür 7 hinauf, um am Namensschild an der Türe abzulesen, wer da jetzt wohnte.

Als ich gerade vor der Tür 7 zum Stehen kam und meine Pupillen begannen, sich auf den Namen in dem kleinen

Glasfenster scharf zu stellen, ging hinter mir die Tür 6 auf. Ich wirbelte herum.

Vor mir stand eine alte Frau, die mir auf gespenstische Weise bekannt vorkam. Es war die angejahrte Doris Türk.

Sie starrte mich ungläubig an. Während ich stammelte »Die Do...«, zeigte sie mit dem Finger auf mich und sagte mit einem Anflug von Entsetzen in der Stimme: »Jössas na ... der Gu..., der Herr Gucki!«

TEIL 3

Die Frau folgt dem Mann,
wohin immer sie auch geht.

Ich hab mich grad wieder so über meinen Mann geärgert. Aber derartig, dass ich zum Friseur hab gehen müssen, zum Michél. Der nennt sich ja *Frisurmanufaktur* – grad, dass er sich nicht *Froh-Locken* nennt oder so einen Blödsinn. Friseure haben heute keinen Nachnamen mehr, beim Michél zum Beispiel gibt's nur Valeries, Nicoles, Anthonies, und eben den Michél. Und alle duzen dich sofort! Sogar der Lehrbub, der Kevin. Beim Kopfwaschen steht er so hinter mir und fragt immer: »Hast du ein angenehmes Gefühl?«

Hab ich einmal gesagt: »Z'erst wasch mir die Haar, und dann red'n wir über alles andere, du blöder Bub«, hab ich g'sagt. Wo sind wir denn?

Wie ich ein Mädl war, hat unser Friseur Herr Blumentritt geheißen, und seine Angestellte war die Frau Riebel. Und aus. Und zur Mutti hätt sich da keiner »du« sagen getraut damals. »Gnädige Frau« hin, »gnädige Frau« her. Zum Papa schon gar nicht, zu dem haben s' immer »Herr Ingenieur« g'sagt, obwohl er gar keiner war. Mein Vater ... Geh, haha ... Mein Vater war ein »Muatterl«.

Was wollt ich sagen?

Muatterl ... Ja, mein Mann: Der hebt alles auf, der hat eine Wegschmeiß-Phobie.

Wenn ich beim Kochen, was weiß ich, ein Salatblattl wegschmeiß, und er sitzt beim Fernsehn ... Und ich sag

Ihnen was, was macht ein Salatblattl für ein Geräusch, wenn man's wegschmeißt?

Na? Richtig! Gar keines! Also, er schaut Sport und ich schmeiß ein Salatblattl in den Mistkübel. Im Fernsehn ist ein Lärm, weil grad so eine Horde Fußballproleten »Olé, Olé, Olé, Olé« grölt, ich schmeiß, wie g'sagt, ein Salatblattl weg.

»Olé, Olé, Olé, Olé.«

»Was schmeißt denn schon wieder weg, Schatzi?«

Der hört des! Der hört, während im Fernsehen ein Wirbel ist wie in einem Wald voller Affen, hört der, wenn ich ein Salatblattl wegschmeiß.

Wie wir zusammengezogen sind, also wie ich zu ihm gezogen bin, also wie wir geheiratet haben – ich mein, ich hab schon meine Wohnung gehabt, 65 Quadratmeter, kleiner Balkon, Liftstock, sehr gute Lage … Aber er hat ja das Haus g'habt: 240 Quadratmeter im Grünen. Da hätten wir doch meine Wohnung gar nicht gebraucht, verstehen Sie? Da hat er mich dann schon überzeugt, dass wir bei ihm wohnen, weil, wie g'sagt, 240 Quadratmeter, Garten und so. Was macht denn ein Mann allein in so einem großen Haus?

Wie ich damals in *unser* Haus gezogen bin, hab ich natürlich Sachen von mir mitgenommen. Gewand sowieso, ein paar Möbel, Bilder – und 30, 40 Paar Schuhe. Ich wollt ja nichts groß verändern, so ein Mann ist ja ein Gewohnheits…tier.

Wie ich damals mein großes, gerahmtes, selbst gefertigtes Batiktuch beim Esstisch aufgehängt hab, ist er nach Haus gekommen, sieht mein Batiktuch und schreit: »Bitte, wer hat denn diesen Fetzen da hergehängt?«

Ich hab nur gelächelt: »Ich, Schatz!«

Hat er mich eine Sekunde angeschaut, dann hat er geschluckt und gesagt: »Sehr geschmackvoll. Wirklich, sehr geschmackvoll.«

Aber sonst war nichts Gröberes. Ja, ich hab müssen seine Sitzgarnitur gegen meine auswechseln. Eine braune Ledergarnitur! Leder! Wo Leder so unpersönlich ist und so kalt. Nein, da hab ich meine sattgelbe Garnitur – also nicht so ein Knallgelb, ein schönes, warmes Gelb – reingestellt. Aus Alcantara. Das ist nicht nur pflegeleicht, sondern auch immer gleich schön warm. Außerdem hat es viel besser zu den Wänden gepasst. Die hab ich so ... machen lassen ... so apricot-gewischt.

Umgebaut haben wir auch ein wenig. Das war ja ein Winkelwerk, das Haus. Drei Wände hat man wegreißen müssen. Ich kann Ihnen sagen ...

Ich hab natürlich Platz schaffen müssen. Klar, wenn man zwei Haushalte zusammenlegt. Und da hab ich zum Ausmisten begonnen. Was der Mann Klumpert hat, das ist unvorstellbar! Wissen Sie, was ich gefunden hab?

Wissen Sie, was ich gefunden hab?

Sein Kindergartenumhängtascherl hab ich g'fund'n, in das ihm die Mutti damals wahrscheinlich immer das Butterbrot eingepackt hat. Das Taschl hat sogar noch danach gerochen. Wissen Sie, wie Butter riecht nach 37 Jahren?

So ein kackbraunes Taschl aus Kunstleder.

Auf dieser Lasche zum Zumachen hat man noch lesen können: »Adalbert Eibl, Kindergarten zu unserer lieben Frau von Mantova.«

Sag ich: »Bertl, ich bitt dich. Kann man das nicht wegschmeißen? Das ist ja grauslich. Riech einmal, wie das stinkt.«

Hat er gerochen und gesagt: »Hmmm, dieser Duft! Selig, oh selig, ein Kind noch zu sein. Nein, das wird nicht weggeschmissen, das ist ein Stück von mir.«

Hab ich g'sagt: »Bertl, da bin jetzt aber froh, dass ein anderes Stück von dir nicht so riecht.«

Der Keller hat ausgeschaut! Wie die Grabkammer von einem unschuldig verarmten Pharao. Lauter Ramsch! Zwei übervolle ... so ... diese Mulden hab ich wegführen lassen müssen, und bei jedem Trumm, das ich weggeschmissen hab, hat er geraunzt und gesagt: »Trude, bitte das nicht!«

Aber er hat sich dann irgendwann einmal nichts mehr sagen getraut.

Was ist das einzige Tier, vor dem der Löwe Angst hat?

Die Löwin!

Am Anfang hab ich ihn immer im Büro angerufen, ob ich was wegschmeißen darf. Sag ich: »Du, Bertl, servus. Kann ich die zwei alten Kerzenstumpen eh wegschmeißen?«

»Nein, die schmeiß ma nicht weg! Das sind meine Erstkommunions- und meine Firmungskerzen!

»Bertl, entschuldige. Ich hab sie schon entsorgt!«

Hat er gesagt: »Du wirst es auch noch billiger geben!«

Hab ich mir gedacht, no justament nicht!

Und hab mir gleich was kaufen müssen. Ich geh ja sehr gern in ... so ... Einkaufszentren. Überhaupt, wenn's eine Shopping Mall ist.

Wie er nach Haus gekommen ist, war er eingeschnappt, der Herr. Wegen ein paar patscherte Kerzenstumpen war er eingeschnappt!

Ich hab ihm dann die Sachen vorgeführt, die ich mir gekauft hab. Hat er mich kaum angeschaut. Frag ich ihn, so der Form halber: »Du, Bertl, was meinst du, was soll ich zu diesen violetten Strümpfen anziehen?«

Hat er gesagt: »Möglichst hohe Stiefel!«

Ich hab ihn dann nicht mehr angerufen im Büro. Ich weiß heute nicht einmal sicher, ob er im Büro ist. Aber mir ist es egal, was mein Mann macht. Solang er sich nicht amüsiert dabei, ist mir das vollständig gleichgültig.

Ich hab einfach weggeschmissen, was gegangen ist. Bis heute geht ihm nichts davon ab.

Der Bertl ist ja nicht mein erster Mann. No geh ... der Bertl ist alles, nur kein erster Mann. Mein erster Mann, der Leo, no, das war ein ... Trottel. Der Michi, also eigentlich der *Mihi*, war ein Kärntner, noch dazu aus Villach. Und der Günter ohne »h« hat sich hint und vorn bedienen lassen. Der hat gar nichts angegriffen ... nicht einmal mich.

Ich denk mir oft: Mein Gott, Trude, zu was braucht man einen Mann? Wieso gibt es noch keine Kreditkarte, die den Mist runtertragt?

Ich hab mich mit dem Bertl, was das Alles-Aufheben angeht, ausgesprochen. Ich hab ihm natürlich nicht gesagt, was ich schon alles weggeschmissen hab. No, der tät mich fressen.

Fragt er mich: »Wo ist denn mein ...?« – was weiß ich, was.

Sag ich: »Hast es vielleicht wegg'schmissen, Herzi?«

»Ich? Ich schmeiß doch nichts weg!«

Da sag ich dann immer: »Ja, dann muss es ja da sein, gell?«

Ich hab zu ihm gesagt: »Schau, Bertl, alles, was man drei Monate nicht in die Hand nimmt, gehört weggeschmissen.«

Wissen Sie, was er mir drauf sagt? »No, da bin ich jetzt aber froh, dass man nichts wegschmeißen muss, was erst seit drei Wochen von niemand mehr in die Hand genommen worden ist.«

Hab ich mir gedacht: No, jetzt muss es wahrscheinlich wieder einmal sein. Aber ich hab mich über diese blöde Bemerkung derartig geärgert, dass ich, wie gesagt, zufleiß zum Friseur gegangen bin. Und sein abgenudeltes, stinkendes Kindergartenumhängtaschl hab ich auch gleich weggeschmi... – entsorgt.

An einem, ja durchaus herrlichen, noch frühen Sommernachmittag. Ein bestbürgerliches Gasthaus ein wenig außerhalb von Salzburg.

An einem Tisch sitzt ein honettes Ehepaar, beendet soeben das Mittagessen, und je weniger es notwendig wird, etwas zu kauen, desto deutlicher kann man hören, was gesprochen wird. Hat man schon vorher, während des Essens, gehört, dass gesprochen wurde, aber eben durch ständig mahlende Kiefer keine einzelnen Worte ausmachen, dennoch aber am Tonfall hören können, dass die beiden über irgendetwas gänzlich gegenteiliger Ansicht sind, so versteht man jetzt langsam ganze Worte, ja Sätze.

SIE: Ich sag dir was, Hubert. So alt kann ich gar nicht sein, dass ich mich nicht noch scheiden lasse. Mach dich aufmerksam!

ER: No, das möchte ich mir anschauen, wie du dastehst, wenn du geschieden wärst. Du wärst ja hilflos!

SIE: Ha! Ich? Hilflos? Wenn dann einer von uns beiden hilflos ist, dann bist es du. Wer wascht dir denn dann deine Wäsche? Wer bügelt dir denn dann deine Hemden? Wer richtet dir denn dann alles her in der Früh?

ER: Für so was braucht man keine Ehefrau. Das kann eine Wirtschafterin auch. Und da muss man nicht immer ein glückliches Gesicht machen, wenn sie einem die gebügelten Hemden hinlegt.

SIE: No, wenn das Gesicht, das du machst, wenn ich dir deine Hemden hinlege, ein glückliches Gesicht ist, no servus!

ER: Eine Zugehfrau tät mir die Hemden nicht nur hinlegen, die tät's gleich in den Kasten hängen auch!

SIE: Ah, da schau her! Du willst sagen, dass du lieber mit einer Zugehfrau verheiratet wärst als mit mir?

ER: Nein.

SIE: Ja! Hast du doch gerade gesagt.

ER: Hab ich nicht! Ich hab nie gesagt, dass ich sie heiraten tät. Ich tät überhaupt nicht mehr heiraten, verstehst?

SIE: Was? Heißt das, du bereust es, dass du mich geheiratet hast?

ER: Nein.

SIE: Ja! Hast du doch gerade gesagt.

ER: Hab ich nicht! Ich hab gesagt, dass ich *heute* nicht mehr heiraten würde.

SIE: No gut, dass ich das weiß. Gut, dass ich weiß, dass ich 38 Jahre mit dir verbracht habe und du mir jetzt sagst, du hättest mich gar nicht heiraten wollen. Danke, sehr zartfühlend.

ER: Aber das hab ich doch gar nicht gesagt!

SIE: Sag einmal! Weißt du nicht mehr, was du redest?

ER: Das weiß ich sogar sehr gut. Ich habe gesagt, und wenn du *zu*hören und nicht nur *hin*hören würdest, dann hättest du es auch so verstanden: Ich habe gesagt und gemeint: Wenn ich bis heute ledig geblieben wäre, dann würde ich *heute* nicht mehr heiraten.

SIE: Du bist aber nicht ledig!

ER: Wenn man *was* sagen kann, dann kann man *das* sagen.

SIE: Du würdest mich *heute* also nicht mehr heiraten?

ER: Die Frage stellt sich nicht, Helga.

SIE: Die Frage stellt sich sehr wohl! Ich, die ich 38 Jahre lang treu und loyal an deiner Seite gelebt habe ...

ER: ... und das nicht schlecht ...

SIE: ... berufstätig war und dir nicht auf der Tasche gelegen bin wie deine Trutschn, die du vorher immer gehabt hast. Ich muss mir das jetzt sagen lassen.

ER *deutet dem Ober. Ruft:* Zahlen! Oh Gott, jetzt geht das wieder an! Du hast es keinen Tag in diesen 38 Jahren bereuen brauchen, an *meiner Seite zu leben.* Wer hat denn die ganzen Urlaube auf den Seychellen, den Malediven, in der Karibik und was weiß ich noch bezahlt? Mit deinem Gehalt wärst du vielleicht grade einmal bis Saalbach-Hinterglemm gekommen.

Der Ober, ein schneidiger Salzburger Dienstleister in einem feschen Spenzer, kommt mit der Rechnung, stutzt kurz, weil er bemerkt, dass die Dame trocken schluchzt.

DER OBER: Ist Ihnen nicht gut, gnä' Frau?

SIE: Aber gehen S'! Fragen S' mich gar nicht.

ER: Alles bestens ... *Zieht die Brieftasche und bezahlt.* Alles bestens. Sie hat nur wieder einmal ihre fünf Minuten.

SIE *selbstbeherrscht, jedoch unverkennbar aufschluchzend, einmal zum Ober, dann wieder zu ihrem Gatten:* Fünf Minuten? Es geht hier nicht um fünf Minuten. Es geht um 38 Jahre! 38 gestohlene Jahre! Wissen Sie, was er sagt, Herr Ober? Wissen Sie, was er sagt?«

ER *peinlich berührt:* Helga! Das interessiert den Herrn Ober doch gar nicht. Jetzt hör schon auf!

SIE: Ja, das tät dir so passen, dass ich wieder alles runterschluck! Aber diesmal nicht! Herr Ober, was täten denn Sie sagen, wenn sich nach 38 Jahren herausstellt, dass der Mensch, an dessen Seite sie treu, loyal und immer berufstätig …

ER: Helga! Aus! Herr Ober, entschuldigen Sie, mir ist das sehr unangenehm!

DER OBER *blickt auf das am Tisch liegende Geld, bemerkt, dass das Trinkgeld fürstlich ist, heuchelt Anteilnahme:* Das braucht Ihnen nicht unangenehm sein, Herr …

SIE *insistierend, während sie sich mit einem Papiertaschentuch die Tränen abwischt:* Was täten Sie sagen, Herr Ober? Bitte, was täten Sie sagen?

DER OBER: Ja, ich tät Ihnen vielleicht raten, eine Eheberatung zu konsultieren, einen Psychologen, der sich mit Ihren Problemen beschäftigt und Ihnen … hilft … halt.

Beide starren den Ober zuerst verblüfft und dann unmissverständlich indigniert an.

ER und SIE *unisono:* Was?

DER OBER: Na ja, wie gesagt, in eine … ding … gehen, in … eine Paartherapie.

SIE: Was unterstehen Sie sich eigentlich?

ER: Wir sind doch keine Narr'n, dass wir zu einem Psychologen gehen müssten! Oder gar eine Therapie brauchten! Wir sind anständige Leute! Was glauben Sie denn überhaupt?

SIE: Was mischen Sie sich überhaupt in unsere Privatsphäre hinein? Eheberatung. So eine Frechheit! Sie haben gar keinen Anstand, was?

ER *steht auf, hilft ihr dabei, das Gleiche zu tun:* Komm, Helga, gehen wir. Das brauchen wir uns nicht sagen zu lassen. Das Wirtshaus sieht uns nicht mehr!

SIE *im Hinausgehen zum Ober:* 38 glückliche Jahre! Die brauchen wir uns von Ihnen nicht in den Dreck ziehen lassen. Gell, Hubert?

ER: No, was denn!

»Sie hat wieder ihre fünf Minuten«, sagt ER in der vorigen Episode.

Ich habe einmal in Gran Canaria ganz kurz sozusagen einen Blick hinter den großen Vorhang geworfen. Da bin ich so dagelegen, am Strand, sanfte Wogen, das Sonnenlicht hat auf den Wellen getanzt und geglitzert, quasi am Horizont ist ein Boot … was heißt … ein Kahn … ein Nachen, möchte man sagen, vorübergeglitten, in welchem stolz ein hochgewachsener Kanarier stand, mit einem schlanken Stabe in seinen sehnigen Armen. Und ich habe so geschaut und eine Milliardstelsekunde lang alles gewusst. Alles! Die Antworten auf die letzten Fragen.

Zum Beispiel: Wie ernähre ich mich ohne Unterkiefer?

Was ich damit sagen will?

Ich weiß es nicht.

Auf jeden Fall war es ein lichter Moment, wie man sagt.

Ich hab gewusst, was die Welt im Innersten zusammenhält.

Aber sofort wieder alles vergessen.

Weg!

Seh'n Sie … da hat man ein Gedächtnis, damit man sich was merkt. Aber was ist das Gedächtnis? *Was ist das Gedächtnis?*

Das Gedächtnis ist das, womit man vergisst.

Man merkt sich ja nicht einmal, was man vergessen hat!

Warum ist es denn so, dass es Jahrtausende gedauert hat, bis man der Welt so peu à peu ein paar ihrer Geheimnisse entlockt hat? Alles ist so kompliziert, man muss sich auf einen Trottel forschen, bis man auf irgendwas draufkommt.

Und es gibt immer noch nur *eine* Gesundheit, aber Tausende Krankheiten. Ohne Zufälle wüssten wir heute überhaupt nur die Hälfte. Wenn sich der Columbus 1492 am Weg nach Indien nicht derartig verfranst hätte, hätten wir heute kein Coca-Cola, keinen Kaugummi, keine Jeans und vor allem keine unbegrenzten Möglichkeiten.

Die Amerikaner haben ja alles entdeckt.

Außer Amerika.

Oder hätte sich der Isaac Newton so Ende des 17. Jahrhunderts nicht zufällig unter einen Apfelbaum gesetzt und wäre ihm nicht zufällig ein Apfel auf die Birn gefallen, wüssten wir vielleicht heute noch immer nichts Genaues über die Gesetze der Schwerkraft.

Überhaupt: *Schwer*kraft. Das Leben wird ja schon immer leichter. Früher hat man für … was weiß ich … zehn Euro ein Kilo Fleisch nach Hause tragen müssen. Heute braucht man fürs gleiche Geld nur mehr ein halbes Kilo zu tragen.

Und ich glaube jetzt nicht, dass damals auf Gran Canaria alles so plötzlich wieder vorbei war, nur weil meine Frau in meine Allwissenheit hineingerufen hat: »Komm! Gemma essen, ich bin in fünf Minuten fertig.«

Fünf Minuten! Keine Zeitspanne wird so missbraucht und geschändet wie fünf Minuten. Nicht nur von Frauen.

»Wie lang brauchst du noch?«

»Fünf Minuten!«

Da weiß man, man kann in Ruhe noch seine Steuererklärung machen.

Auch im Dienstleistungsgewerbe.

»Wie lang dauert denn das?«

»Fünf Minuten, auf das können S' warten!«

Vier Stunden später: »Das sind jetzt aber lange fünf Minuten, hör'n S'!«

»Ja, fünf Minuten können sich oft zah'n, gell?«

Eine Freundin aus frühen Tagen hat damals zu mir gesagt: »Du, ich bin in fünf Minuten wieder da!«

Bis heute hab ich sie nie wieder gesehen. Und ich weiß nicht: Hat sie mich damals verlassen oder kommt sie irgendwann doch wieder zurück.

Ich sag ja auf so gut wie alles, was meine Frau sagt, zuerst einmal: »Was?«

Nicht unbedingt, weil ich sie nicht verstehe. Zum Beispiel, wenn ich mir die Nachrichten anschaue und schon ungeduldig warte, dass die Meldungsübersicht vorbeigeht, sagt sie in der Küche etwas in einen Topf hinein, und ich verstehe sie nicht, bin gar nicht bei der Sache, sondern mit dem Kopf ganz woanders, weil sie vor der Meldungsübersicht gesagt haben, dass sie danach ein Feature über die Stoffwechselgewohnheiten von Lady Gaga zeigen: *Erstmals im Free-TV. Erschütternde Bilder: So macht Lady Gaga Lulu.*

Und ich sag: »Was?« Geistesabwesend, somnambul: »Was?«

Und meine Frau sagt: »Sag nicht immer ›*Was?*‹! Du bist ja schon terrisch. Auf alles sagt er ›*Was?*‹ ›*Was?*‹ ›*Was?*‹.«

Egal, was ist, auch wenn ich genau hör, was sie sagt, ich sag zunächst einmal: »*Was?*«

Da gewinnt man Zeit.

Weil sie die Frage meistens wiederholen muss und man überlegen kann, ob man nur nicht verstanden hat oder die gestellte Frage als vollkommen unzumutbares Ansinnen empfindet, wie zum Beispiel: »Kannst du endlich einmal *deinen* Keller z'samm'räumen, da schaut's ja aus, wie bei *die* Wilden.«

»Was?«

»*Deinen* Keller sollst endlich einmal z'samm'räumen, weil's ausschaut wie bei *die* Wilden!«

»Was schreist du mich an? Ich bin doch nicht terrisch!«

»Dann sag nicht immer ›*Was?*‹.«

»Übrigens, es heißt bei *den* Wilden, aber das nur nebenbei!«

»Bitte? Ah, da schau her! Versteht eh jedes Wort, aber ›*Was?*‹ muss er sagen. Ob es jetzt wie bei *die* oder wie bei *den* Wilden ausschaut, seit einem Jahr sagst du: ›Der Keller gehört einmal zusammengeräumt‹, aber nichts! Und es schaut aus wie bei … wie Sau!«

»Wenn ich sag, der Keller gehört *einmal* zusammengeräumt, dann heißt das nicht, dass *ich* den Keller zusammenräume, sondern lediglich, dass eine grundsätzliche Notwendigkeit besteht, dieses in Zukunft einmal zu tun.«

»Ja, soll ich vielleicht den Keller auch noch machen? Ich hab wirklich genug um *die* oder von mir aus um *den* Ohren.«

»Um Gottes willen! Kein Mensch hat gesagt, dass *du* das machen sollst!«

»Ja wer denn sonst, wann ich nicht und du auch nicht? Der Guggert Schurl?«

Wir haben zu Hause nämlich einen virtuellen Bediensteten, der alles machen muss, was sonst keiner machen will, eben einen gewissen Guggert Schurl. (Hochdeutsch und korrekt hieße er *Herr Georg Guggert.*)

Meine Frau sagt nach dem Essen immer wieder zu mir: »No, und den Tisch räumt der Guggert Schurl ab?«

Oder: »Wer bügelt denn deine Hemden? Der Guggert Schurl?« Vor allem nach Weihnachten den Christbaum abzuräumen, ist übrigens eine der Hauptaufgaben vom Guggert Schurl!

Dann stellt sich meine Frau so vor mich hin, stützt die Arme in die Hüften und fragt: »Also, wann passiert jetzt endlich was mit dem Keller?«

»Was?«

»Geh …« Und dann reibt sie manchmal mehr als nur andeutungsweise auf oder murmelt etwas, was ich akustisch übrigens wirklich nicht verstehe. Aber ich weiß immer genau, was sie meint.

Und man muss sich sagen lassen, wir leben in der besten aller möglichen Welten!

Es ist doch oft so, dass bei Familienfeiern nach einem ausgiebigen Nachtmahl, etlichen Gläsern Wein, mit vollem Bauch, also bei Eintreten bürgerlicher Behaglichkeit, gerne gesagt wird: »Kinder geht's uns nicht gut? Wir müssen dem Herrgott dankbar sein. Es soll uns nie schlechter gehen.«

Das ist eine dieser katholizistischen Todesspiralen: Wie schlecht muss es einem denn gehen, dass man nicht mehr dankbar sein muss?

Man muss niemandem dankbar sein, dass man – gemessen am Elend – ein bequemes Leben führen kann. Wenn man schon ins Dasein geworfen ist, darf man sich einen gewissen Standard erwarten, der einem das aufgenötigte Existieren halbwegs erträglich macht. Wir müssen nicht dankbar sein!

Im Gegenteil!

Beschweren muss man sich. Zum Beispiel, dass es nicht allen auf der Welt mindestens so gut geht wie uns!

»Ja«, wird dann gesagt, »schon, ja, Sie haben ja recht. Aber, mein Gott, was kann man denn machen …. Und vor allem: Bei wem sollt man sich denn beschweren?«

Bei wem?

Bei demselben, bei man sich bedanken muss.

Beste aller möglichen Welten … Ist doch nicht wahr!

Wenn man seine Fantasie ein bissl spielen lasst, gibt's unendlich viele mögliche Welten, die alle weit besser wären. Warum ist alles, was wirklich eine Freud macht, peinlich, hat zu viel Cholesterin oder man braucht gar einen Partner dazu?

Warum hat der Mensch die Schienbeine vorne, wenn man sich so selten die Wade anhaut?

Warum kriegt man von zu viel Fett eine Gallenkolik, aber von zu viel Blödheit nicht Kopfweh?

Da tät so mancher auf der Straße herumrennen und »Auweh, auweh!« schreien, und man wüsste gleich: Mit dem brauch ich nichts reden, das ist ein Trottel.

Warum ist es erlaubt, gewisse Tiere zu schlachten und sie dann zu essen – aber verboten, gewisse Pflanzen zu pflücken und sie dann zu rauchen?

Und warum steigt man immer in ein Hundstrümmerl, wenn man Schuhe mit Profilsohlen anhat?

Meine Frau sagt dann immer, wenn ich so räsoniere: »Ein Mal möcht ich erleben, dass du der Welt auch positive Seiten abgewinnst und nicht immer nur alle und alles so runtermachst.«

Das ist so ein typischer Frauensatz: »Ein Mal möchte ich erleben, dass … *(Gewünschtes bitte einsetzen).*« In einem typischen Frauensatz kommt immer wieder »ein Mal« vor:

»Kannst du vielleicht *ein Mal* Rücksicht nehmen?

»Kannst du mich bitte *ein Mal* ausreden lassen.«

Oder: »Würdest du mich bitte *ein Mal* unterstützen! Alles muss man selber machen … «

Aber das stimmt. Wir müssen heute alle alles selber machen. Es gibt keinen Service mehr, angefangen bei den Supermärkten. Selbstbedienung – ganz normal. Früher, beim Greißler, zum Beispiel bei Delikatessen Kiesling im Liebhartstal, wurde man gefragt: »Was darf ich dienen?« Wenn man sich da selbst bedient hat, ist die Polizei gekommen. Und der Greißler hat immer gewusst, wo was ist. Da hat man nicht müssen vor marktschreierisch bunten Regalen stehen wie vor einem riesigen Bilderrätsel und das Geschirrspüler-Salz suchen. Vor allem: Wenn man ein billiges wollte, hat man sich nicht in eine Demutshaltung begeben müssen, damit man es irgendwo in Bodennähe findet. Menschen, die gebückt durch Supermärkte schleichen, haben keinen Hexenschuss, die suchen nur die günstigen Angebote.

Und der Greißler oder die Greißlerin haben noch geredet mit dir: »Gehen S' krobbeln S' da net den Kochsalat a, mit Ihnere stinkerten Klebeln!« Vielleicht der Beginn einer wunderbaren Freundschaft.

Oder: »Darfs ein bisserl mehr sein von der Polnischen, 'nä F'au?«

Das Einzige, was so eine Supermarktkassierin zu dir sagt, ist: *PIEP.*

»Haben Sie eine Kundenkarte?«

»Haben Sie eine Vorteilskarte?«

»Haben Sie eine VIP-Card?«

All diese Privilege-Cards, in Silver, Gold, Platinum, Black Diamond. Sehr gefragt, im Afterknall der Papstwahl: die *Corpus-Christi-Card.* Damit kriegt man ein Glas Prosecco bei der Kommunion. Die *Golden-Shower-Card,* da wird man nach zehn aufeinanderfolgenden Einkäufen von einem Golden Retriever angebrunzt. Oder die *Treuekarte* – kaum auf dem Markt, und schon vergriffen –, mit der darf man, wenn man seiner Frau zehn Mal treu gewesen ist, ein Mal fremdgehen. Und mit allen drei zusammen kriegt man die *Arschcard,* die man sich dann gebührenfrei in selbigen schieben kann.

Und wenn man bezahlt hat und schon im Gehen ist, ruft einem die Kassierin noch nach: »Sammeln Sie Stickers?«

Beste aller möglichen Welten?

Und die Welt ist so empfindlich! Kaum erfindet der forschende menschliche Geist irgendwas, ist gleich irgendwo was vom Aussterben bedroht, regnet es sauer, bebt die Erde, kommt der Tsunami, öffnet sich das Ozonloch, schmelzen die Polkappen, steigt der Meeresspiegel. Aber wir müssen die Welt ja für die Nachwelt bewahren! Warum? Warum, eigentlich?

Und vor allem: Was hat die Nachwelt schon je für uns getan?

No also!

Zugegeben: Wenn der Meeresspiegel steigt … ja …, so ist das zunächst für Menschen mit Erdgeschosswohnungen unangenehm.

In Wahrheit ist die Natur unser Feind, wir müssen sie ständig zurückdrängen. Ja. Das fangt schon beim Rasenmähen an. Und wir können zurückdrängen, was wir wollen, sie kommt immer wieder. Gegen die Natur ist kein Kraut gewachsen. Weil überspannte Menschen – in der Mehrzahl Frauen – oft sagen (ja, kaum ein Mann sagt): »Ah, herrlich! Natur pur!«, wenn sie in einem japanischen Steingarten von einem Wellness-Center spazieren gehen.

Da möchte ich dann sagen: »Gnä' F'au, Natur pur? Wollen Sie wirklich dort leben, wo nichts ist als nur Natur pur? Zum Beispiel im Regenwald des Amazonas? Wo es von grauslichen und giftigen Viechern nur so wurlt? Da sind S' g'stochen, 'bissen und z'sammg'fressen, so schnell können S' gar nicht ›Herrlich!‹ sagen. Solang die dort kein 5-Stern-Resort mit Strandliegen, Sonnenschirmen, Poolservice, Fusionsküche und rücksichtsloser Schädlingsvernichtung haben, fahr ich doch gar nicht erst hin.«

»Ja«, sagt dann meine Frau, »du bist ein Miesmacher, ein Technokrat, ein … Kapitalist!«

Und ich sag dann: »Wie kannst du so was sagen? Kapitalist? Der Kapitalismus ist die Ausbeutung des Menschen durch den Menschen. Im Sozialismus, da ist es genau umgekehrt.«

Und dann, meine Frau – typischer Frauensatz: »No, hätt mich ja gewundert, wenn du ein Mal keine blöde Antwort wüsstest.«

»Wieso? Der Satz ist ja gar nicht von mir.«

Sagt sie: »Ah so? Ein Mal möchte ich deine Unverschämtheit haben.«

Sag ich: »Schäm dich nicht. Wir leben davon!«

Ich sag es gleich: Ich bin nervös.

Nervös, weil das Folgende viel Fingerspitzengefühl braucht, um nicht in vordergründiger Verhöhnung zu münden.

Daher werde ich, gewissermaßen a priori, meine Beruhigungstablette nehmen, um das Ganze entspannt und unaufgeregt angehen zu können.

Also: Frauen neigen im Allgemeinen zu einer ihnen gemeinsamen Semantik. Nämlich zum Superlativ.

In den alltäglich zu vollziehenden Lebenstätigkeiten … Essen zum Beispiel.

Das kleinste Stückchen Käse, das mir auf den Boden fällt, wird als Katastrophe erlebt: »Um Gottes willen, wie schaut's denn da aus? Das ist ja der reinste *(sic!)* Schweinestall!«

Ein Tropfen Milch nur, der auf dem Tisch landet, statt in der Tasse: »Meine Güte, da schwimmt ja alles!«

Das Molekül einer Semmel fällt auf den Boden, schon befeuchtet meine Frau ihren Mittelfinger, um es aufzuheben.

»Lass doch«, sag ich. »Lass uns frühstücken, ich räum dann schon alles weg!«

»Das kenn ich schon, wenn du ›dann‹ sagst. ›Dann‹ heißt ›nie‹.«

»Jetzt sei doch nicht so ungemütlich«, sage ich.

»Ich bin nicht ungemütlich«, sagt sie. »Wenn es nach dir ginge, würden wir im Dreck ersticken.«

Immer wieder wird gesagt, gar nicht im entsprechenden Tonfall, sondern eher beiläufig, in der »Also wirklich – jemals«-Routine: »Du bist *also wirklich* das Rücksichtsloseste, was ich *jemals* gesehen habe.«

Oder nach dem erfolgreichen Besuch einer Boutique, um nicht ins Klischee »Frauen und Schuhe« zu kippen: »Das ist *also wirklich* die süßeste Bluse, die ich mir *jemals* gekauft habe.«

Aber auch Einschätzungen von Männern, egal, ob bekannte oder völlig fremde: »Der ist *also wirklich* der größte Trottel, der mir *jemals* begegnet ist.«

Wenn dies alles so stimmte, wie es inhaltlich klingt, dann wäre die ständige unfreiwillige Anstrengung des Seins nicht mehr steigerbar, dann wäre die ganze Welt immer und überall völlig verdreckt, sämtliche Blusen die süßesten und 90 Prozent aller Männer Trottel.

Bis auf das mit den Blusen gar nicht leicht wegzudiskutieren.

Aber wen wundert's?

Seit Jahrzehnten bekommen Frauen in der Werbung für Lebensmittel und Haushaltsartikel – und Frauen sind für diese Produkte nach wie vor die Primärzielgruppe – nur Superlative um die Ohren gehaut. Alles ist *am schönsten, am größten* und *am besten.* Sauberkeit ist, je nachdem, immer *strahlend, 100 Prozent* hygienisch, *absolut* streifenfrei. In der Berichterstattung ist die Wahrheit immer *ungeschminkt,* Beleidigungen sind *unverzeihlich,* Forderungen *überzogen,*

Dementis *heftig*, Bemerkungen *skandalös*, Auseinandersetzungen *gnadenlos*, Opfer *zahllos*.

»Wir berichten so aktuell, wir wissen oft gar nicht, ob
das betreffende Ereignis überhaupt schon eingetreten ist.«

Jeder Verkehrsfunk ist der *schnellste*, jedes Radiopro-
gramm das *beste*, jede Zeitung die *unabhängigste* und jede
Entbehrlichkeit im Fernsehen mit gleitcremiger Modera-
tion das, wofür die Menschheit eigens erzeugt worden ist.

Eines der größten Rätsel bei Frauen ist ja die Äußerung: »Es zieht.«

Und dann streift sie ein geheimnisvoller Kälteschauer, der sie ein wenig erzittern lässt, wie Espenlaub im leisen, eisigen Wind eines Sibirientiefs.

Ich erinnere mich, als ich als Kind an heißen Sommertagen in der Straßenbahn gefahren bin und im Großraumwaggon die Hitze und die olfaktorischen Belästigungen der meist dicht gedrängten Fahrgäste einen Zustand bei mir hervorriefen, der mich an Wilhelm Buschs »Fromme Helene« denken ließ: »Mit dem Seufzerlaute ›uuh‹, stieß ihr eine Ohnmacht zu.«

Wenn dann naturgemäß ein Mann eines der schmalen Fenster über den großen, den gewissermaßen offiziellen Fenstern, die in den modernen Großraumwägen nicht mehr geöffnet, sondern nur mehr mit einem »Notfall-Hammer« eingeschlagen werden konnten, kippen wollte, um ein wenig Kühlung und Frischluft abzubekommen, dann sagte irgendeine Frau, von anderen Frauen heftig benickt: »Es zieht!«

Frauen können, wenn sie »es zieht« sagen, eine verständnisheischende, gleichzeitig vorwurfsvolle, aber vor allem keine Zuwiderhandlung duldende Miene aufsetzen, die jeden Mann lieber den Erstickungstod wählen lässt, als ein Fenster auch nur einen Spalt weit zu öffnen.

Im Tone der unmittelbar bevorstehenden Aufdeckung einer Verschwörung, ja einer versteckten, gezielt persönlichen Feindseligkeit, sagen Frauen diese Worte, während sie flackernden Blickes nervös-ängstlich um sich schauen: »Wenn ich nur wüsste, von wo es mir da so zieht.«

Keine Türe, kein Fenster ist offen, kein Vorhang bauscht sich, die Welt steht still, jedoch den Frauen *zieht's*, wie gesagt wird, nämlich: »Mir ziehts.« Oder wenn mehrere Frauen betroffen sind: »Uns ziehts.«

Wenn der Ursprung »des Zuges« nicht ausgemacht und somit nicht beseitigt werden konnte, dann sagen die Frauen am nächsten Tag gerne, indem sie sich massiernd ins Genick fassen: »Mir scheint, ich hab einen Zug erwischt«, und meinen damit nicht, dass sie zwar knapp, aber fahrplanmäßig in ein Transportmittel, beispielsweise der ÖBB, eingestiegen sind.

Und weil es ihnen immer und überall zieht, darum ist Frauen auch immer kalt. In den wärmsten, ja schwülsten Sommernächten ziehen Frauen ein Westerl an oder legen sich ein Tuch um die Schultern, denn es könnte ja, von woher auch immer, ziehen.

Erst wenn sie denn sukzessive in den Wechsel kommen, dann ist ihnen in wiederkehrenden, immer kürzer werdenden Intervallen heiß! Sie fächeln sich mit beiden Händen heftig Luft zu und stöhnen einander ein konspiratives »Ich hab schon wieder meine Wallungen« vor.

Bis der Wechsel dann vollzogen ist. Dann zieht es ihnen wieder und es ist ihnen kalt.

Ich merke erst jetzt, dass sich die sechs Milligramm bereits seit einer Weile aufs Schönste bemerkbar machen, ich aber dennoch ein wenig fahrig bin. Vielleicht sollte ich die Dosis leicht erhöhen.

Ich beobachte es immer wieder und habe auch einschlägige eigene Erfahrungen mit dem wochenendlichen ehelichen samstäglichen Einkaufen im Riesensupermarkt. Die Frauen schreiten mit festem, zielsicherem Schritt, einen Einkaufszettel in der Hand, voran, die dazugehörenden Männer schieben das Wagl unkonzentriert hinterher, weil sie durch das Waren(über)angebot einen verlangsamten Lidschlag haben und durch Musikberieselung von »Radio Max« oder Ähnlichem in einen Alphazustand gefallen sind.

Oft verlieren Männer ihre Frauen im Supermarkt, weil Frauen den kürzesten Weg zu den benötigten Produkten wissen, während die Männer oft neugierig oder erstaunt irgendwo hängen bleiben. Sie schieben dann das Wagl unbetreut durch die Gänge, tasten mit verhangenem Blick die Regale ab, greifen wie ferngesteuert zu etwas – aber da haben sie die Frauen schon entdeckt, blocken die »Will haben«-Bewegung ab und sagen dezidiert: »Lass das stehen, das brauchen wir nicht!«

Denn der Mann wollte im Sonderangebot ein Straußenei kaufen, zusammen mit einer CD der beliebtesten Walzer von Johann Strauß.

Oft und oft erhält der Mann, um ihn sinnvoll zu beschäftigen, kleine Aufgaben. Zum Beispiel: etwas holen. Während die Frau den Wagen schiebt und zügig weiter einkauft, taumelt der Mann somnambul durch den Supermarkt und murmelt ratlos: »Sauerrahm? Sauerrahm ...?«

Oft sieht man auch Männer wie angewurzelt auf einem Fleck im Supermarkt ohne sich wegzubewegen mit dem Wagl dastehen, während die Frau in kurzen Abständen mit Waren heranschwirrt, sie hineinwirft und dabei jedes Mal sagt: »Du bleibst da stehen und passt aufs Wagl auf. Und nimm nix!«

Erst wenn der Mann dann schwere, prall gefüllte Sackln zum Auto schleppt, weiß er, warum er mitgehen musste.

Doch solange eine Ehe noch so läuft, dass der Mann nur die Einkaufstaschen tragen muss, geht's ja. Wenn er ihr dann die Handtasche trägt, ist es aber vorbei. Es ist ja schon ein Zeichen, dass ein Mann aus dem männlichen Geschlecht ausgetreten ist, wenn er zu seiner Frau »Mutti« sagt. Aber der »Mutti« die Handtasche zu tragen, das ist Kastration.

Jedoch, wie gesagt, solange es nur die schweren Sackln sind, ist auf der Entmannungsskala noch nicht der mögliche Höchstwert erreicht.

Meine Frau und ich sind noch entsetzt und reden vor allem ausgiebig konspirativ darüber, wenn in einem Restaurant ältere Eheleute, also zwei angemürbte Menschen verschiedenen Geschlechts, wie Fremde einander gegenübersitzen, unbeseelt aneinander vorbeischauen. Wenn doch so etwas wie Kommunikation zustande kommt, dann im Wortsinn »einsilbig«.

»Du ...«

»Ich?«

»Ja.«

»Und?«

»Schmeckt's?«

»Mhm.«

Finales Zuprosten mit dem Weinglas.

»Also …«

Schweigen.

Darauf Redeschwall: »Sag doch auch einmal was.«

»Du lässt einen ja nicht zu Wort kommen.«

Wir haben eine sehr schöne Zeit gehabt, die Irene, meine Langzeit-Freundin, und ich. Aber nach einiger Zeit, wenn man eine Frau oft genug nackt gesehen hat, schaut man ihr ja doch auch wieder ins Gesicht, und da hab ich diesen Ausdruck bemerkt. Frauen können so ein Gesicht machen, wo man sieht, dass sie im Begriff sind, zu beschließen, demnächst zu leiden. Und dann können sie schweigen. Aber so, dass man es hört. Und dann darf man auf keinen Fall fragen: »Sag, was hast du denn? Ist irgendwas?«

Weil dann: »Ich bin ja nur mehr ein Möbelstück für dich. Ich krieg überhaupt keine Komplimente mehr von dir ...«

Gar nicht wahr! Wie mich die Irene unlängst einmal gefragt hat: »Sag, was g'fallt dir an mir?«, hab ich gesagt: »Alles!«

Sagt sie: »Und? Sonst nichts?«

Zu einer wirklich soliden Krise ist es gekommen, wie ich gemeint habe, so gesprächsweise, so en passant: »Wenn es so was wie einen Beziehungsandroiden gäbe, eine derartig perfekte Maschinenfrau, sodass man wirklich nie merkt, dass sie eine Maschine ist, die man sich herrichten kann, wie man will ... die auch ganz normal spricht, nur dass man programmieren kann, was und vor allem wie viel ... Kaum ein Mann würde dann noch mit einer wirklichen Frau zusammenleben wollen. Da gäbe es dann eine Fernbedienung. Da kann man sich täglich die Frau programmieren, die man gern vorfinden würde, wenn man nach Hause kommt.«

Hätte ich sie angeschaut und gesehen, wie sich ihre Miene verfinstert, hätte ich aufgehört. Aber, mein Gott, man redet so.

»Da kann man seinen heutigen Wunschtyp wählen: Menü *Select character ... schüchternes Wiener Zimmermädel ...* zum Beispiel. Oder *verschmuste Studentin* oder ... *an Sex nicht interessierte, jedoch ausdauernde Masseuse* oder *Fußpflegerin* ... Zack, zack, *enter* ... und fertig. Es gäbe selbstverständlich«, führte ich weiter aus, »auch ganz gewöhnliche Programme wie *Kochen,* wo natürlich *Tisch decken, abräumen* et cetera schon dabei sind.«

Dieser Themenkreis hatte meine Fantasie derartig auf die Reise geschickt, dass ich auf keines ihrer Warnsignale wie Zucken der Mundwinkel oder geräuschvolles Ausblasen der Luft geachtet habe. Erst als ich sagte: »Und wenn man seine Ruhe haben will, schaltet man sie auf *Standby* und stellt sie in den Kasten.« – Da war's aus.

Die Irene hat zunächst alles Körperliche zwischen uns abgestellt. Ich hab dann nach ein paar Wochen angefangen, wie ein Irrsinniger zu joggen, damit ich das ... irgendwie kompensiere. Bin immer fix und fertig nach Hause gekommen, und wenn sie dann so geschaut hat und gefragt: »Sag, wieso rennst du denn wie ein Verrückter?«, hab ich g'sagt: »Hauptsächlich, damit ich mich wieder einmal keuchen höre!«

Frauen haben es ja gut, denn Frauen können auch zum Orgasmus kommen, wenn sie an gehabten Sex nur denken.

Zum Glück halten Frauen es für Liebe, wenn man sich für ihren Körper interessiert.

Männer wiederum können beim Sex ihr Gedächtnis verlieren. Der Gedächtnisverlust kann bis zu 60 Minuten nach dem Orgasmus andauern! Ein Mann kann also an gehabten Sex gar nicht denken, weil er vergisst, dass er welchen gehabt hat.

Dabei habe ich ohnedies gesagt, für Frauen soll es so was von mir aus auch geben. So einen Beziehungsandroiden. Ha, was man da alles auswählen könnte als Frau, von den rein körperlichen Ausstattungen einmal abgesehen. Zum Beispiel den zärtlichen, aber doch maskulinen Partner: »Liebling, lass uns jetzt zuerst einmal eine gute Stunde kuscheln und dann ganz zärtlich, aber gegen Ende ganz wild miteinander schlafen.«

Mit Optionen wie: danach *in die Arme nehmen und bis zu vier Stunden reden.* Selbstverständlich mit dem serienmäßig programmierten Sprachmodul: *Ja, mein Herz, ich bin schuld, und du hast recht.*

Endgültig verlassen hat sie mich dann wegen einer Bagatelle.

Wie mich die Irene gefragt hat: »Wann gehn wir denn wieder einmal schön essen?«, habe ich spontan drauf gesagt: »Bleiben wir zu Haus und ess ma schiach!«

»Du bist fad«, hat die Irene gesagt. »Mit dir kann man gar nichts mehr anfangen, du bist ja richtig alt!«

»Alt? Ich? Wo bin denn ich alt? Schau doch dich einmal an. Du hast so viele Runzeln zwischen den Titten, dass man einem Elefanten ein neues Arschloch daraus falten könnte. Oh, Entschuldigung! Ich hab's nicht so gemeint. Ich borg mir ein Geld aus, und dann gehen wir gleich schön essen.«

Sie ist vor mir zurückgewichen, so wie im Fernsehen, wenn die junge, beherzte, aber vor atemloser Angst zitternde Frau – der man eh schon ein paar Mal über den Fernseher zugerufen hat: »Geh nicht hinein in dieses alte, einsame, verfallene, finstere Haus, noch dazu, wo dir vorher der Revolver aus der Handtasche gefallen ist und du es nicht gemerkt hast ... « – dann vom bestialischen Serienkiller angegriffen wird und endgültig an der Grenze ihrer Belastungsfähigkeit eben zurückweicht, dabei aber *so* aus den Augenwinkeln schaut, ob nicht vielleicht zufällig wo ein schwerer stumpfer Gegenstand liegt, den man dem geistig abnormen Rechtsbrecher am Schädel hauen könnte ... So ist sie vor mir zurückgewichen.

»Irene!«, hab ich gesagt.

Es hat aber nichts genützt!

Also war ich single.

Was heißt »single«? Ich war damals schon in einem Alter, da ist man nicht mehr single, da ist man allein, nicht mehr der Jüngste und ein Tunnel am Ende des Lichts.

Was ist teurer als eine Frau? Eine Ex-Frau.

Und doch war ich manchmal froh, dass niemand da war, der mir Ezzes gab und so Sachen sagte wie: »Du musst positiv denken!«

Das mit dem positiven Denken hat mich auch immer geärgert. Wenn ich gesagt habe: »Heute ist ein Sauwetter«, hat die Irene immer gesagt: »Du musst positiv denken. Die Welt ist so, wie du sie siehst!«

Aber wenn sie unbedingt ein Paar Schuhe hat haben wollen, die es in ihrer Größe nicht mehr gegeben hat, hat sie geflucht, aber wie!

Wenn ich dann gesagt habe: »Du musst positiv denken!«, hat sie g'sagt: »Geh scheißen!«

Sie hat auch immer wieder gesagt: »Der Weg ist das Ziel!«

Ja, beim Ringelspiel fahren vielleicht. Oder bei einer Kreuzfahrt:

Voll Jubel tönt's von Mast und Kiel:
»Land in Sicht, wir sind am Ziel!«
Doch der Steuermann spricht leise:
»Der Weg ist das Ziel. Wir segeln im Kreise.«

Wenn ich von Wien nach Salzburg will, dann ist die Westautobahn der Weg und Salzburg das Ziel. Wenn ich in Eisenstadt ankomme, dann stimmt was nicht!

So was Blödes! Der Weg ist der Weg und das Ziel ist das Ziel. Oder – Franz Kafka: »Es gibt ein Ziel, aber keinen Weg; was wir Weg nennen, ist Zögern!«

Aber das Schicksal verhält sich ja oft so, dass man meinen könnte, Gott sei nicht tot, sondern bei der letzten Bischofskonferenz nur eingeschlafen.

Nach gut einem halben Jahr ist die Irene wieder zu mir zurückgekommen. Sie ist zurückgekommen und hat gesagt: »Du, ja, ich seh das jetzt ein. Dir ist das ›Elefantenarschloch‹ damals unabsichtlich über die Lippen gekommen.«

Es war dann wieder wie früher: »Du, fahren wir doch einmal weg. Nur du und ich.«

Sage ich: »Du redest immer vom Wegfahren, wir haben kaum das Geld zum Daheimbleiben.«

»Geh … Vielleicht nach Mauritius?«

»Nein, da sind die Briefmarken so teuer.«

Alle Männer sind Memmen, fantasielos, erotisch unbegabt, ohne jedes Bauchgefühl, abgestumpft. Männer sind Orgasmus-Ingenieure, nichts anderes als Hosenträger – und ich bin denen ihr Anführer. Und es hat so oder so keinen Sinn, mit mir zu streiten, weil ich ohnehin immer unrecht habe.

Demokratie zu zweit ist halt schwer.

Sag ruhig Du …

I.

In einer Bar in der Stadt,
an einem Tag wie jeden,
komm ich so, ich weiß nicht, wie,
mit einer Dame so ins Reden.
Dazu muss ich eines sagen,
mir war sofort klar,
dass die Dame … ja, wie sagt man …
eine sehr junge Dame war.

»Noch ein Glas Champagner«,
sagt sie, »bevor ich dann gehe.«
Und ich mach so en passant
einen Schritt in ihre Nähe.
Es scheint ihr nichts auszumachen
und sie schaut mich an,
mit so einem Augenaufschlag,
der den Jagdtrieb weckt im Mann.
Sie war sehr hübsch und sehr charmant,
was kann man mehr verlangen?
Und auf a gewisse Art irgendwie befangen.

Bitte sag nicht Sie zu mir,
sag ruhig Du.
Wozu dieser Respektabstand?

Wie komm ich denn dazu?
Das strenge Sie schafft nur Distanz,
die brauchen wir doch nicht.
Die paar Tag', die ich älter bin,
die fallen nicht ins Gewicht.

II.

»Geb'n S' uns noch zwei Veuve Clicquot!«
Denn sie will noch was trinken.
Ich leg ohne apropos
meinen Arm um sie – den linken.
Und als es dann so weit war,
dass sie mich endlich duzte –
steht plötzlich meine Frau vor mir,
worauf ich mich verkutzte.
»Aha«, sagt sie, »und schon per Du, komm gemma,
trink jetzt aus. Und freu dich auf zu Haus.«

Bitte sag'n S' nicht Du zu mir,
sag'n S' gefälligst Sie.
Ein bissel ein Respektabstand,
denn ich sah Sie noch nie.
Ihre Vertraulichkeit ist plump,
lass'n S' mich in Ruh.
Und selbst, wenn Sie meine Frau sind,
sag'n S' Sie zu mir, nicht Du.

Ein deutsches Sprichwort kalauert ja: »Die Liebe ist nicht blind, sie sieht nur nichts«, was in der Folge in den Sager mündet: »Der Verliebte sieht nur das Lächeln und nicht die Zahnlücken.«

»Liebe macht blind«, immerhin ein Plato-Wort.

Männer subsumieren ja unter »Liebe macht blind« – diese durch überbordende Zuneigung entstehende Sehschwäche – die Blindheit der Frauen. Denn kaum kommt eine für Männer vordergründig attraktive, betont erotische Frau, ihren Lover kosend, vorbei, so sagen neun von zehn: »Was macht die mit dem schiachen Hund?«

Die durch Liebe oder eher ziellose Begierde bedingte Blindheit in Liebesdingen richtet sich beim Mann vor allem zunächst gegen sich selbst. Denn von denen, die den Begleiter der leidenschaftlichen Dame als »schiachen Hund« bezeichnet haben, sind 90 Prozent von leiblicher Ästhetik weit entfernt. Daraus könnte man schließen: Je blinder Männer ihrer eigenen *Abstoßendheit* gegenüberstehen, desto blöder sind sie geblieben.

Selbstverständlich gilt der verliebte Tunnelblick vice versa auch Frauen gegenüber. Da werden gestandene Männer in Begleitung vermeintlich hässlicher Frauen ebenso der Blindheit geziehen.

Selektive Blindheit wird Frauen vorgeworfen, jungen Frauen vor allem, wenn sie aus Osteuropa stammen und mit deutlich älteren, ja hinfälligen Männern liiert sind. Die gesellschaftliche Ächtung liegt hier allerdings weniger bei den hypertonischen Lustgreisen, die mit dem Satz »Ja, wenn er sich's leisten kann« exkulpiert werden, sondern bei den betreffenden Damen, die in *Prada*-Schuhen trippelnd, *Louis-Vuitton*-Taschen schwingend und mit *Cartier*-Schmuck behängt ihrem Sugar-Daddy erkennbar gefakte Augenaufschläge hinturteln.

Wenn ältere Frauen junge Männer spazieren führen, so wird ihnen nicht das Goethe-Wort »Lust und Liebe sind die Fittiche zu großen Taten« zugestanden, sondern es wird ihnen die späte, zügellose Begierde der Matronen unterstellt.

Und: Scheint es nicht so zu sein, dass gewissermaßen schon eine vorauseilende Blindheit gegeben sein muss, um sich der Imponderabilie Liebe zu nähern, also sich auf etwas einzulassen, von dem nicht verbindlich gesagt werden kann, was es ist?

Tappen wir nicht die ganze Zeit, während wir lieben, im Dunkeln und werden erst wieder sehend, wenn die Liebe weg ist?

Jedoch flehen wir nicht alle in innerlichen Momenten: »Oh Liebe, du Himmelsmacht, lass mich zu den Füßen eines oder einer Geliebten hinsinken und – selbst unerhört – dort liegen bleiben.«

Dunkelheit ist scheinbar doch nur Abwesenheit von Licht.

TEIL 4

Das Letzte kommt zum Schluss.

Das Jetzt wird ja von den meisten Menschen nicht gemocht oder gar nicht bemerkt, weil sie immer den Blick in freudiger Erwartung in die Zukunft gerichtet haben und darum nichts damit anfangen können; und die, die sich bemühen, das Jetzt, den Moment, bewusst zu erleben, aber wissen, dass das nahezu unmöglich ist, hegen den Verdacht, dass für das menschliche Sensorium ein Jetzt wahrscheinlich gar nicht wahrnehmbar ist.

Das ist nichts Neues.

Aber wie ist das mit dem »Hier«?

Wie ist das mit dem Hier, wenn man davon ausgeht, dass mit »Hier und Jetzt« die aber schon ganz raue Wirklichkeit und die ganz harte Realität beschrieben werden sollen? Wohl wissend, dass die Realität mit der Wirklichkeit oft gar nichts zu tun hat.

Lässt sich denken, dass, wenn es kein Jetzt gibt, es ein Hier auch nicht gibt, und schon gar nicht in dieser Kombination.

Man muss sich fragen: Wo ist »hier«?

Wenn ich empfinde: *Ich bin hier* – dann empfinden die anderen, wo sie immer sein mögen, dass sie auch hier sind, ich aber *nicht* hier bin. Die anderen sind in meiner Beobachtung niemals hier, sondern höchstens »da«, oft sogar »dort«.

Die folgende kurze Wechselrede am Mobiltelefon ist heute gang und gäbe:

»Wo bist du?«

»Da.«

»Wo?

»Da!«

»Ah, dort!«

Wenn man jemanden fragt: »Wo bist du?«, und der antwortet »Ich bin hier«, dann ist das so, wie wenn einer auf die Frage »Wie spät ist es?« sagt: »Es ist jetzt.«

Hier ist da und dort und nirgends zugleich.

Man kann also sagen: Ein präzises Hier gibt es genauso wenig wie ein Jetzt. Und wenn es für uns weder ein »Hier« noch ein »Jetzt« gibt, gibt es dann »uns«? Aber lassen wir das.

Sagt also jemand stolz und immer ein wenig herablassend: »Ich lebe im ›Hier und Jetzt‹«, dann lebt er vielleicht gar nicht, jedenfalls aber nicht in *der* Wirklichkeit, die er meint.

Der Grund unserers *Hier*seins ist noch lange nicht der Sinn unseres Daseins.

So ... Kerzenlicht. Ja ... das ist gleich was anderes, das schafft Atmosphäre. Und zwar im feinstofflichen Bereich. Was Sie hier riechen, ist eine Duftmischung der heiligen Essenzen aus einem Hindutempel. Hab ich aus Sri Lanka mitgebracht. Ich hab – ach, vor Jahren schon – eine Tempel-Wallfahrt gemacht, ganz für mich allein. Sri Lanka, von einem Hindutempel zum anderen, weil ... ich hab da rausmüssen, ich hab einfach eine andere Bewusstseinsdimension gebraucht, das Diesseits war mir viel zu entseelt.

Ich war so leer!

Ich wollte nicht mehr so sein wie 100.000 andere auch. Ich war ja ursprünglich kein Esoteriker. Woher denn! Geh, ich war ganz normal damals. Verheiratet, zwei Kinder, guter Job, schön verdient. Aber es hat etwas gefehlt. Es war mir alles zu kopflastig.

Mit dem Katholizismus habe ich innerlich ja schon längst abgeschlossen. Schaun Sie, wenn Gott uns und die Welt liebt, warum sind wir dann so mies und die Welt so unsagbar beschissen?

Überhaupt, seit unsere Nachbarin Harfe spielt, weiß ich nicht mehr, ob ich überhaupt noch in den Himmel kommen möchte.

Und am Abend von dem Tag, wo ich zu meiner Frau sage: »Gitti, ich brauch eine Auszeit« – meine Frau war natürlich nicht begeistert –, ... am Abend von dem Tag blättere ich so im »GEO« (es gibt ja keinen Zufall) und stoße zufällig auf einen Artikel über Sri Lanka. Hinduismus, Shiva, Vishnu, Ganesha und diese Sachen. Und da bin ich erweckt worden.

Und bin nach Sri Lanka und hab mir 29 Hindu-Tempel angeschaut. 29! Das ist jetzt interessant. 29! Also kabbalistisch gesehen. 29! 2+9, also die Quersumme: 2+9=11. Also 1+1, und 1+1=2. Da staunen Sie jetzt, was? 1+1=2. Zwei! Die Zahl der Bipolarität, die Gegensätzlichkeit unserer sensorisch wahrnehmbaren Wirklichkeit, also für auf / zu, vorne / hinten, oben / unten, links / rechts. Und das sagt mir ganz deutlich, dass ich mich richtig entschieden habe. Richtig entschieden, obwohl … haha … wir keinen freien Willen haben und uns gar nicht falsch entscheiden können, weil eben alles vorherbestimmt ist. Wenn ich jetzt die Beine übereinanderschlage, Sie sich beispielsweise räuspern oder einen fahren lassen – das alles war im Urknall bereits schon angelegt.

Und ich bin diesen Weg dann gegangen, von Sri Lanka aus. Ich habe zum Beispiel *Homa* gemacht, das sind vedische Flammenriten, die reinigen bei Sonnenaufgang den sich auf die Erde ergießenden *Prana-Strom*. Toll! Also wenn der auf die Erde sich ergießende *Prana-Strom* so gereinigt wird, das ist großartig. Dieser gereinigte Strom heilt die Atmosphäre, aber auch den Menschen, vorausgesetzt, dass dieser zum heiligen Zeitpunkt vor brennendem Kuhdung meditiert.

Dann habe ich mich mit energetischer *Aura-Soma* beschäftigt. Drei Tropfen des Elixiers zwischen den Handgelenken verreiben, ein *Mantra* auf Sanskrit singen … *adae-*

shenar rtha – und linke und rechte Körperhälfte schwingen synchron. Da kann man dann seine Schönheit erkennen. Und wenn es nur die innere ist.

Dann habe ich mich zusätzlich mit *Piezo-Kristallen* auseinandergesetzt. *Piezo-Kristalle* beginnen unter Wechselstromzufuhr in einer konstanten Frequenz zu schwingen, gell. Und das ist dann, was die Erweckung der Chakras im Ätherkörper des Menschen betrifft, von enormer Bedeutung. Vor allem, wenn man schamanisch arbeitet und am Höhepunkt des Tanzrituals, also einer getanzten Reise in eine Zwischenwelt, eines seiner Schutztiere hoch über den Kopf hält und in der Luft zerreißt.

In meinem Fall war das eine Taube. Das war ziemlich problemlos. Ich konnte üben, zuerst mit einem Grillhendl zum Beispiel, und so weiter. Wir hatten aber eine ältere Dame in der Schamanen-Gruppe, die hatte einen Bären als Schutztier, und das war dann … ja … schwierig.

Meine Ehe ist in der Folge immer schlechter geworden. Wir haben über die Entfernung von Sternen und Planeten gesprochen. Und meine Frau hat gesagt: »Aha. Und wie entfernt man sie?«

Sie wollte immer nur das eine.

In einer spirituellen Lebensführung hat Sex aber keinen Platz. Das ist zu grobstofflich. Ich wollte meine Frau ja einbeziehen. Tantra-Sex. Wo man zum Beispiel bis zu sieben Stunden aufeinander liegt und sich nicht bewegt. Also vergeistigte Körperlichkeit. Sie hat gesagt, das will sie nicht, da hat sie nichts davon! Bitte! Ich habe ihr dann gesagt: »Geh doch dann wenigstens in ein *Lachseminar.*«

Aber sie hat mich ernst genommen.

Das Einzige, wo sie doch beinahe ein Jahr hingegangen ist, war eine *Schreitherapie*.

Ich habe dann eine Geistheilerin kennengelernt, die hat mit *Xa Mu K'u* gearbeitet. Wir haben uns schon nach knapp einem Jahr in einer Lichtsprache unterhalten und uns darum auch im Dunkeln gut verstanden.

Ich habe ja mit meiner Frau unsere Wohnung nach *Feng Shui* eingerichtet. Es war eine *Li*-Wohnung, nach Süden orientiert, die Küche im Nordosten. No, können Sie sich vorstellen! Ein Ort der Unfälle und des Missgeschicks. Die Küche habe ich dann ins Schlafzimmer verlegt, in dem sowieso nur *Sha* geflossen ist, negative Energie. Darum habe ich das Schlafzimmer ins Wohnzimmer verlegt, das zwar ein Raum der fünf Geister gewesen ist, die man aber durch das Aufstellen von Klangschalen mit Eigenurin unschädlich machen hat können. Das Badezimmer hat sich als Raum der sechs Flüche herausgestellt. Da hab ich es zumauern lassen.

Ich hab dann erkannt, dass meine Frau einen krankhaften Waschzwang hat. Was die mich hat anschauen lassen, nur weil wir kein Badezimmer mehr gehabt haben. Sie ist laut geworden. Mehrmals. Sehr laut! So eine Schreitherapie ist ja immens wirksam.

Und wie ich nach dem Druiden-Workshop im Vorzimmer, das der einzige Raum in der Wohnung war, der vom Licht des *chi-i* durchflutet war, obwohl das Vorzimmer kein einziges Fenster gehabt hat – trotzdem ein Raum der himmlischen Monade –, wie ich dann in diesem heiligen Vorzimmer einen kleinen Altar errichtet habe für Tieropfer, ist sie mit den Kindern und unserem Spaniel, den ich eigentlich auf diesem Altar, na ja, egal, ist sie ausgezogen zu einem anderen Mann. Einem Ingenieur. Maschinenbau oder so. Der kommt mir jetzt immer mit Logik! Logik, haha.

Logik ist auch nur eine Glaubenssache.

Wir kennen die Welt überwiegend nur aus den Massenmedien, vor allem durch Bilder. Wir kennen von der Welt aber nur das, wo die Kameras hinschauen. Wo die Kameras nicht hinschauen, das sehen wir auch nicht von der Welt und davon wissen wir nichts, und das reißt de facto ungeheure Löcher in das Welt*bild* jedes Einzelnen.

Aber alle glauben, dass sie über die Welt Verbindliches sagen können, etwas, das über die traurige Wahrheit hinausgeht.

»Die Welt ist nichts als ein universeller Verblendungszusammenhang.« *(Theodor W. Adorno)*

Wir wissen letztlich gar nichts von der Welt und was in ihr wirklich vor sich geht.

Ich spüre jetzt schon, dass mich das Folgende ein wenig aufregen wird und ich dadurch aufs Atmen vergessen werde. Ich werde daher vorsorglich meine sechs Milligramm Bromazepam nehmen, auch deswegen, damit mich meine Frau nicht wieder zu Tode erschreckt, wenn sie mich anschreit, dass ich atmen soll.

Mir ist nichts über die näheren Umstände bekannt, und ich habe die Geschichte auch nicht richtig verfolgt in der Zeitung. Dennoch: Es war wieder einmal so weit: In einer Gemeindewohnung wurde eine seit bereits zwei Jahren verwesende Leiche einer 49-jährigen Frau gefunden.

Und es war wie immer, wenn so ein Fall ruchbar wird: gemäßigtes Entsetzen, bürgerliches Seufzen, sich der eigenen Integrität bewusstes Schütteln des Kopfes und Stehsätze wie:

»Um Gottes willen!«

»Wie kann denn so etwas passieren?«

Oder: »Keiner kümmert sich um niemanden.«

Gerade in urbanen Bereichen verlieren die Menschen einander aus den Augen und werden immer wieder in ihren Behausungen angefault aufgefunden.

Kommunalpolitiker zeigen sich betroffen in Tateinheit mit Rührung und appellieren als Humanisten an die Menschlichkeit der Bürger, an Eigeninitiative, an Zivilcourage, schalten dabei die Nickautomatik der Wähler ein, die in der Sekunde die Menschlichkeit, die Eigeninitiative und die Zivilcourage an den altruistischen Kommunalpolitiker delegieren, der wiederum nach diesem von ihm erwarteten Lippenbekenntnis ebenso zur Tagesordnung übergeht.

Die Menschen sind ja nicht entsetzt über die Tatsache, dass der Nachbar oder die Nachbarin gewissermaßen nur eine Tür weiter der Verwesung anheimfällt, sondern, dass so was Grausliches unentsorgt gleich nebenan liegt. Auf der einen Seite der Wand routinierte Lebensbewältigung, Wiederkehr des täglich Gleichen, Erledigung der Biografie. Auf der anderen Seite eine Leiche, besiedelt von Fliegen, im Zustand des Zerfalles, beängstigende Vision der eigenen Bestimmung.

Jaaa, willkommen innere Ruhe, danke Bromazepam! Wenn man bedenkt: nur sechs Milligramm. Ich muss doch einmal zwei nehmen und schauen, was das tut.

»Ein menschlicher Körper beginnt fünf Minuten nach dem Tod zu verwesen. Er beginnt sich selbst zu verdauen. Dann kommen die Fliegen. Aus den gelegten Eiern schlüpfen Larven, die sich am verwesten Fleisch gütlich tun und danach abwandern. Sie verlassen die Leiche in Reih und Glied, in einer ordentlichen Linie, die sich immer nach Süden bewegt, manchmal nach Südosten oder Südwesten aber niemals nach Norden. Niemand weiß, warum.« *(nach Simon Beckett, »Die Chemie des Todes«)*

Übrigens, einen Stehsatz, der auf Nachrichten verwesender Nachbarn abschließend gesagt wird, hätte ich beinahe vergessen: »Riecht man denn das nicht? Das muss ja bestialisch stinken!«

Wir wissen gar nichts. Von der Welt nicht, und voneinander schon überhaupt nichts.

Außer vielleicht, dass jeder jeden braucht. Jeder ist auf eine merkwürdige Art auf den anderen angewiesen. Das Überleben auf diesem bedeutungslosen Planeten, der durch geballte Koinzidenzien Kreaturen wie uns hervorgebracht hat, ist nur durch ein »Zusammen« möglich. Selbst, wenn sich dieses »Zusammen« in einem »Gegeneinander« äußert.

Denn kaum setzt man sich zusammen, beginnt man schon, sich über etwas auseinanderzusetzen.

Der Mensch ist ein Mängelwesen. Wir wären auf uns allein gestellt nicht überlebensfähig.

Wir brauchen die Gemeinschaft.

Jeder braucht jeden, ob als Freund oder als Feind.

Nur die, die glauben, nur sie werden gebraucht, gerade die braucht keiner.

Die Friedhöfe sind voll mit unentbehrlichen Menschen.

Es ist zu berichten, dass ich vor zirka drei Jahren Facebook »beigetreten« bin, vielmehr beigetreten wurde. Und ich war anfangs erfreut. So viele Menschen, mit denen man unkompliziert, wenn auch nur virtuellen, so doch Kontakt bekommt – und alle wollen deine Freunde werden. Die Vielzahl der ständig mitgeteilten Vorkommnisse weitet den Blick auf den Ereignisreichtum des Lebens und lässt einen die Welt komplexer erleben. Ein Austausch findet statt, ein »Weltgeist« scheint sich zu formieren.

Aber nichts als arglistige Täuschung!

Denn was vorherrscht, ist Geschwätzigkeit, sogenannte *Postings* von ungeheuerlicher Redundanz. Klebrige Grußbotschaften von »Guten Morgen, ihr Lieben« und »Morgäääääähn« bis »Ich wünsch euch süße Träume«, jeweils unterlegt mit abgeschmackten, aus dem Kommerzradio bekannten Musikbeispielen. Lustige Schnappschüsse von ekelhaften sonntäglichen Kaffeekränzchen und Ausflügen mit den oft hässlichen Kindern.

Dabei: Man muss ja nicht schön sein. Es genügt, wenn man aussieht so wie ich.

Der Schönheitswahn erscheint uns – rein wissenschaftlich – zuerst als Geisteskrankheit, als *Dysmorphophobie.*

Es handelt sich hierbei um eine Störung der Wahrnehmung des eigenen Leibes. Also volksnah gesprochen: Man empfindet sich dem herrschenden Schönheitsideal gegenüber als nicht entsprechend, ergo hässlich. Diese mentale Störung scheint vorzuliegen, wenn sich Menschen – überwiegend Frauen – nicht enden wollenden Schönheitsoperationen unterziehen, die diese Störung nie beheben können. Denn kaum sind die Brüste chirurgisch optimiert, gefallen die Lippen nicht mehr und werden auf den Durchmesser von Schwimmnudeln aufgespritzt. Dann kommt Botox und später eine finale Gesichtsstraffung, bis man eine Mimik wie ein Vollvisierhelm hat, über alle vier Backen lachen kann und die Bezeichnung *Face*book unpräzise wird.

Facebook.

Superuninteressante Fotos von Familienfesten bis zu naseweisen Sinnsprüchen als Epigramme verkleidet, zahllose »niedliche« Hunde- und Katzenbilder, und immer wieder Menschen, die ihr Mittagessen fotografieren und »… so, jetzt erst mal futtern« oder *Ähnliches* dazuschreiben, den Menschenverstand fahren lassen und die elementaren Grundsätze sprachlichen Anstands missachten. Daher alarmierend oft ewige Gestrigkeit, sei sie nun katholisch oder nationalistisch. Selbstverständlich zahlreiche Fotos von Personenkraftwagen, klarerweise plumpeste Werbung. Und gar nicht selten der erhobene Zeigefinger, der passiv zu Altruismus im Allgemeinen, zu kriecherischer Bescheidenheit und zweckloser Nächstenliebe im Besonderen aufruft. Ein Tummelplatz der Bedeutungslosigkeiten und der Kontingenz. Und ich tappe selbst in diese Falle, frage mich: »Wer bin ich, wenn ich online bin? Und was macht mein Gehirn so lange?« Oberflächlich und über weiteste Strecken primitiv und uninspiriert, ist Facebook gewissermaßen der innere Monolog der vernetzten Welt. Und das ist erschreckend. Selbst hier, weitgehend im geschützten Raum, aus einer Position heraus, in der man seine eigene Identität gestalten, ja idealisieren und sich nach Gutdünken den Anstrich sittlicher und intellektueller Reife geben kann, selbst da obsiegt das Gewöhnliche, das Unbeseelte, das Gemeine, das Niederträchtige und Verlogene, getarnt als Herzlichkeit. Also ist die Diagnose der Kulturpessimisten, Misanthropen und Weltverzweifelten richtig: Die Menschheit besteht überwiegend aus Leuten, die alle glauben, dass sie frei sind, weil sie ungestraft deppert sein dürfen. Unverbesserlich vordergründig, ohne Talent fürs Erhabene, suhlen wir uns im Schmutz des Niedrigen.

Ich mittendrin.

Und loben – »liken«, wie gesagt wird – jeden Kalauer, der nur einen Millimeter über dem Unter-null-Niveau der übrigen Hervorbringungen liegt, mit geistleeren oder salbungsvollen Kommentaren.

Über uns, der Facebook-Community, steht ein Nestroy-Satz: »Ein seichter Mensch find't bald was tief.«

»**Es ist falsch, zu glauben,** die Sprache bilde die Wirklichkeit ab. Die Wörter bilden sich selbst ab. Letztlich existiert nichts mehr außerhalb der Sprache, denn die Sprache ist es, die jene Welt errichtet, die wir zu kennen glauben, die aber nichts weiter ist als eine von den Wörtern hergestellte Fiktion.« (*Mario Vargas Llosa, »Alles Boulevard«*)

Der Wortschatz ist ein Schatz, den es stets neu zu heben gilt, für den man ein Schatzsucher bleiben muss und der, wenn man so will, immer woanders vergraben ist. Ein Wortschatz wächst in erster Linie, aber er schrumpft auch.

Ein Beispiel: Im alten Rom gab es kein Wort für *Dieselöl*, weil es zu jener Zeit kein Dieselöl gegeben hat. Und heute, in der Postmoderne, ist das Vokabel *Trireme* weitgehend unbekannt, weil es Triremen längst nicht mehr gibt.

Für Interessierte: Eine Trireme war ein rudergetriebenes Kriegsschiff des Altertums.

Wenn ich hier von Wortschatz rede, dann vom österreichischen Wortschatz.

Wir trinken den Kaffee zwar noch überwiegend aus *Häferln* und nicht aus *Tassen*, stellen aber die Milch bereits vermehrt in den *Kühlschrank* und nicht mehr in den *Eiskasten*, während das preußische *Tschüss* das österreichische *Baba* fast schon verdrängt hat und *bist du deppert, is des guat* durch *lecker* bereits beinahe ersetzt worden ist. Eine Tendenz, statt *schauen, glotzen, linsen, lugen, starren, äugen* oder *spähen* einfach *gucken* zu sagen, ist spürbar.

Die wertvollsten Stücke eines Wortschatzes sind vorrangig ja Synonyme. Sodass man nicht sagen oder schreiben muss: Ich *gehe* dorthin, ich *gehe* da hin, ich *gehe* hierhin und dann *gehe* ich wieder heim, sondern statt *gehen*: abhauen, bummeln, eilen, flitzen, hasten, hetzen, hinken, humpeln, huschen, kriechen, latschen, laufen, marschieren, rasen, rennen, schleichen, schlendern, schlurfen, schreiten, schwanken, spazieren, stolzieren, tänzeln, taumeln, wandeln, wandern, waten, watscheln, wetzen, wieseln, zischen.

Versuchen Sie es zu Übungszwecken jetzt zum Beispiel mit ... *Tisch.*

Wir sollten danach streben, vermittels eines reichhaltigen Wortschatzes uns möglichst präzise ausdrücken zu können und einem Zuhörer oder Leser zu vermitteln, was er sich und vor allem wie er sich etwas genau vorzustellen hat. Synonyme förderten und fördern die kolloquiale Entanimalisierung des Menschen. Und das ist in einer Gegenwart der Sprachverknappung besonders bedeutsam, leben wir doch in einer Zwischeneiszeit der Homonyme.

Die Adjektive *cool, arg, geil,* zum Beispiel, werden für ein halbes Universum von Eigenschaften herangezogen und überwiegend mit der Vorsilbe *ur-* gesteigert; also urcool, urarg, urgeil. Da und dort hört man statt *ur-* noch die Vorsilben *mega-* oder *total,* und bei geil wird nicht selten das Substantiv *Affentitten* oder auch der Begriff *Oberaffentitten* vorangestellt.

Also: Auf, lasst uns brechen und uns auf die Socken machen, um zu Hütern des Wortschatzes zu werden, damit er kein verlorener Schatz wird.

Cool, geil, ur- und *mega-* brauchen wir in diesem Zusammenhang nicht mehr berücksichtigen. Aber wie ist es mit dem Wort *spannend*? Wenn etwas gar nichts ist, was man mit einem präzisen Adjektiv belegen könnte, dann ist es *spannend*. Es ergeben sich *spannende* Synergien, mit denen sich *spannende* Aufgaben bewältigen lassen, Design ist, wenn es über das Gewöhnliche nicht hinauskommt, *spannend*. »Was die jungen Designer auf Festivals zeigen, ist sehr *spannend*, da gibt es viele frische Ideen.« Und »frische Ideen« sind halt einmal *spannend*. »2014 gibt es wieder *spannende* neue Oberflächen.« Klar, man spricht ja auch von Oberflächen*spannung*. »Ein Buch über neue Interieurs, die mitunter etwas gewagt sind, ist auf jeden Fall eine *spannende* Inspirationsquelle. Die Entwicklung ist s annend; derzeit entwickeln sich Küchen Richtung Wohnraum.« Nicht auszuhalten, diese Spannung. Und es gibt »*spannende* Re-Inszenierungen: topausgestatte Häuser aus Lehm mit Lehmboden. Da wird das digitale Zeitalter quasi mit der Steinzeit gemixt.« Das scheint mir das *Spannendste* überhaupt zu sein. Sind Texte voll und ganz inhaltsleer, dann sind sie zumindest *spannend*, müssen es sein, denn sonst wären sie gar nichts. Man spricht bereits von Frauen, die *spannend* aussehen, Hosen, Hemden, Pullover et cetera … alle können sie ohne Weiteres *spannend* sein. Früher hat man Hosen, Hemden und Pullover, die *gespannt* haben, umgetauscht oder an schlankere Nebenmenschen verschenkt. Man wünscht heute vor allem bei Action- und Kriminalfilmen *spannende* Unterhaltung, vielleicht weil *gute* Unterhaltung zu viel verlangt wäre.

Oder die Inflation des Wortes *genial*.

Was hat Einstein, zum Beispiel, nicht leisten müssen, um *genial* genannt zu werden? Heute ist oft ein lapidares Paar Schuhe schon *genial*.

Oder *einfach*.

Es würde mich nicht wundern, wenn das Wort *einfach* demnächst heiliggesprochen werden würde. Alles ist *einfach*.

Einfach leben, *einfach* genießen, *einfach* loslassen, *einfach* durchatmen, *einfach* man selbst sein …

Eine Frau in meinem Leben hat, wenn sie meine Lebensäußerungen nicht *spannend* fand, auf meine Frage, was ich denn machen sollte, damit sie wieder glücklich werde, gesagt: »*Einfach* lieb sein.«

Oder *Spaß*! *Einfach Spaß* haben! Hier stoßen zwei inhaltliche Hohlräume in Eintracht aufeinander.

Herumlungern, respektive chillen, nichts denken, sich den Mechanismen und Angeboten der Spektakelkultur ausliefern, zum Beispiel bei irgendeinem Schlageraffen ein bisschen mitgrölen und mithüpfen, kein Buch gelesen haben und noch nie in einem Theater gewesen sein … »Tralala, Hände zum Himmel, Hände zur Hölle, und dann hoch, hoch, hoch zum Himmel … «

Und derweil auf der anderen Seite: Menschen mit unzureichender Versorgung an Grundnahrungsmitteln, die sich Werbespots für die unzähligen Snacks und Zwischenmahlzeiten anschauen müssen, obwohl sie gar nicht wissen können, was eine Zwischenmahlzeit ist, weil sie nur diffuse

Kenntnis darüber haben, was eine Hauptmahlzeit sein könnte. Brot für die Welt. Aber die Wurst bleibt da. Streut Kaviar unter das Volk, damit der Pöbel ausrutscht.

Es sind doch diese ewigen Castingshows mit sich ständig schluchzend in den Armen liegenden Verhaltensoriginellen, Randbegabungen und nützlichen Idioten, die von willkürlich ernannten Kennern, Könnern und »alten Hasen« mit Bierernst, Onkel- beziehungsweise Tantenhaftigkeit oder Verbalinjurien beraten werden, um schließlich genau so lächerlich zu werden, wie diese selbst sind.

Es sind die 100.000 Kochsendungen! Was früher Gruppensex war, ist heute Rudelkochen, und niemand weiß, wer das alles fressen soll.

Und es sind diese wunderbaren Talkshows mit Themen wie »Hilfe, neben mir wohnt mein Nachbar«.

Es ist diese Lustigkeitsindustrie, die garantiert sinnfreies Lachen produziert. Und zwar im Akkord!

Da wird Comedy gequatscht, mit Torten geworfen, es werden Gesichter geschnitten, lustige Hüte aufgesetzt, wird in den Gatsch gehupft und werden pummelwitzige Pointen geschleudert, die ein willenlos gemachtes Publikum im Fernsehstudio auf Zuruf beklatscht.

»Schont eure Frauen«, dachte ich, »geht mehr fremd!«

Und war dann jahrelang hinter jedem Rock her. Aber nach meiner Schottlandreise bin ich vorsichtig geworden. Und ich habe mir gesagt: »Nüchtern betrachtet, war es besoffen besser.«

Es war so lustig, wir haben so geweint.

Jeder Stammtisch hat eine sogenannte »Stimmungskanone«. Ein solcher Mensch weiß auf alles und jedes etwas zu sagen, was er für eine Pointe hält. Wir blenden uns in eine Unterhaltung ein, die nie eine wurde:

STAMMGAST 1: Gestern wäre ich beinahe über einen Typen gestolpert, wie er über eine Leiter in den Kanal hinuntergestiegen ist!

DIE STIMMUNGSKANONE: Furchtbar, diese Wohnungsnot! *Lacht und blickt beifallheischend in die Runde.*

Das Gespräch plätschert ereignislos weiter, es werden Getränke bestellt und es kommt der Thrill im Alltag des kleinen Mannes – Geschwindigkeitsüberschreitung mit polizeilicher Anhaltung – zur Sprache.

STAMMGAST 2 zu STAMMGAST 3: Und was hast g'sagt, wie dir der Gendarm g'sagt hat, dass du 160 g'fahren bist?

STAMMGAST 3 *möchte antworten, doch wird ihm plötzlich der Mund zugehalten.*

DIE STIMMUNGSKANONE *mit dem Daumen der freien Hand auf sich deutend:* Herr Inspektor, geben S' mir das schriftlich. Ich will das Auto nämlich verkaufen. *Lacht diesmal nicht, um zu sehen, wie diese Äußerung ankommt. Zündet sich trotzig eine Zigarette an, da keine Reaktion kommt. Bestellt, um die peinliche Pause zu überbrücken, ein Glas Weißwein:* Noch ein Achterl vom weniger miesen …! *Er schweigt zunächst, weil er einen kräftigen Schluck nimmt und sich geräuschvoll den Mund spült.*

DIE STIMMUNGSKANONE *im Hinunterschlucken:* Ich hab gestern auf Japanisch geträumt.

STAMMGAST 4 *gereizt:* Und was?

DIE STIMMUNGSKANONE *siegessicher:* Was weiß ich? Ich hab kein Wort verstanden. *Steht sicherheitshalber gleich darauf auf.* Ich geh ein busserl prinzen! *Wankt, sich in den Schritt greifend, Richtung Pissoir. Es fallen einige unschöne Bemerkungen über den vorübergehend Abwesenden, der überraschend schnell zurückkehrt und schon aus der noch nicht zugefallenen Tür, auf der »WC« steht, sich ungeschickt den Hosenstall schließend, ruft:* Wisst's ihr, was ein Mann zu seiner Frau sagt, die eine Schere verschluckt hat?

STAMMGAST 1, 2, 3 und 4 *tun so, als hätten sie nichts gehört.*

DIE STIMMUNGSKANONE *legt Stammgast 3 von hinten die Hände auf die Schulter und macht einige Wischbewegungen:* Mach dir nichts draus, ich kauf dir eine neue!

STAMMGAST 2 *zu der Stimmungskanone:* Geh, mach uns einen Gefallen!

DIE STIMMUNGSKANONE *fummelt durch den Hosensack an seinem Geschlechtsteil:* Klar, was kann ich gegen euch tun?

STAMMGÄSTE 2, 3 und 4 *unisono:* Fall tot um!

Was dem einen öffentlich recht ist, kann dem anderen privat durchaus zu billig sein. Ich versteh ja, dass das Fernsehprogramm ist, wie es ist. Man kann doch von einem Gebührenzahler – immerhin 48,15 Euro alle zwei Monate – nicht auch noch verlangen, dass ihn das Programm geistig überfordert!

»Du, was arbeitest du eigentlich?«

»Ich schreibe fürs Fernsehen.«

»Da musst du ja ständig gute Ideen haben, stimmt's?«

»Aber wo, ich schreib für den ORF.«

Einfach Spaß haben. Dieses »einfach« allerdings ist auf allen Ebenen sofort enttarnt, wenn man es durch »anspruchslos« ersetzt.

Und darum ist »einfach« nichts weiter als ein Euphemismus, wie so vieles, was sich im heutigen Sprachgebrauch und damit im Denken breitmacht. Zum Beispiel »vintage«. Vintage meint nichts anderes als »alter Schmarren«. Und genauso verhält es sich mit »Used-Optic« In diesem Zusammenhang scharrt bereits das Vokabel »Upcycling« in den Startlöchern, das seine Bedeutung nur mehr geringfügig schönt, nämlich mit »Aufwertung alter Materialien«. Mit Recycling ist kein Staat mehr zu machen, also macht man jetzt haargenau das Gleiche und nennt es in schleichender Geisteszerrüttung *Upcycling*.

Jedes »Village« ist nichts als das hinterletzte Kaff, jede Bierdeckelsammlung eine »Kollektion«, und dass der eine auf den anderen Rücksicht nehmen soll, heißt »Corporate Social Responsibility«.

Was nicht mehr schön ist, muss man schönreden.

Und sicher: »Coloured Underwear by Armani« klingt besser als »angeschissene Unterhose von Huber«.

»Der Mensch hat die Sprache erhalten, um seine Gedanken zu verschleiern.« *(Charles Maurice de Talleyrand)*

Einfach spannend.

Ich bin ja – durchaus leidenschaftlicher – Stammtischforscher. Ich belausche und beobachte mit hohem Engagement die Menschen (meist Männer) an Wirtshaustischen. Ich schreibe stichwortartig mit, was ich aufschnappe, und das mittlerweile mit perfider Routine. Ich beschreibe längst nicht mehr Zeitungsränder auf der Kreuzworträtsel-Seite, indem ich vortäusche, das Kreuzworträtsel lösen zu wollen. Nein, ich tippe in mein Handy, das eine »Notizen«-App besitzt, und tue so, als schriebe ich ein SMS oder Ähnliches. Nach jahrelanger Praxis in der Stammtisch-Feldforschung habe ich es in den – recht simplen – Gesetzmäßigkeiten des »Stammtisches an sich« zu Expertentum gebracht.

Jeder Stammtisch hat nicht nur eine Stimmungskanone, sondern auch den Herrn G'scheit. Den Herrn G'scheit, der dann im Zuge fortschreitender Stammtischheiterkeit zum Herrn Laut mutiert. Oft ist der Herr G'scheit in Personalunion auch Stimmungskanone und umgekehrt, jedoch werden in der seriösen Stammtischforschung die beiden Begriffe als grundsätzlich getrennte Phänomene geführt. Der Herr G'scheit ist nicht etwa gescheiter als seine Stammtischbrüder im Geiste, er ist nur unverschämter, besser und lauter im Vortrag seiner Unfehlbarkeiten. Und dadurch schneller. Schneller im Beantworten von Fragen, die im Laufe einer Stammtischsitzung auftauchen.

Hier einige Auszüge aus dem dreibändigen Standardwerk »Die Grundlagen der Stammtischforschung«, 2. Band, Ziffer 44: »Die Mitschriften«.

Mitschrift 1376

GAST: Also, das versteh i net ... *Präsentiert eine Schlagzeile der Zeitung »Österreich«:* Jeder 5. in der EU leidet unter Schlafstörungen.

HERR G'SCHEIT: Und? Was is an dem net zum verstehn?

GAST: I frag mi schon die ganze Zeit: Wie kumman die auf des? Dass ausgerechnet jeder 5. Schlafstörungen hat. I man, ruaf'n de da mitt'n in der Nacht an und sagen: »Gut'n Abend, i wär von der EU und Sie san jetzt der 5., den i anruf. I wollte nur fragen, ob Sie Schlafstörungen haben?« Und wann i zum Beispiel net abheb, dann waß doch der von der EU net, ob i schlaf oder ob i's Handy abdraht hab oder ... nur net z'Haus bin.

HERR G'SCHEIT: No, du bist der Beste. Du bist der Beste, hearst. Glaubst, die von der EU ruf'n di an, du Garniemand? De kennen di doch net, de interessiert du überhaupt net. De haben dei Nummer gar net. *Er wendet sich großspurig und Zustimmung heischend hier hin und da hin:* Schaut's euch den an, der glaubt, di EU ruft bei eam an und frogt, ob er eh gut schlaft ...

Alle Gäste lachen mit schlecht verhohlener Ratlosigkeit.

HERR G'SCHEIT: Du musst anruf'n, verstehst, du söba! Du rufst an und sagst: »Gut'n Abend, ich bin der Herr Sowieso. Ich sag's, wie's is, ich kann net schlaf'n.« Und wann du der 5. bist, der anruft, dann macht der a Hakl, und die G'schicht hat si.

Alle Gäste nicken zustimmend, so, als hätten sie es schon immer gewusst.

GAST *verblüfft:* Geeehh ... ahh so ...na ja ... *Ein Gedanke formt sich zögernd im Frontallappen:* ... oba ... haha ... was is, wenn ich dort anruf und sag: »Gut'n Abend, ich kann net schlaf'n«, und der sagt mir drauf: »Des kann net sein, weil Sie san erst der 4., der anruaft. Was is dann?«

Mitschrift 4689

GAST: Na, was die Menschen aufführ'n mit dera Wöt, des geht auf keine Hutschnur ... die Millionen Autos, die Abgase ... der ganze Dreck. Mi tät net wundern, wann des ganze Werkl z'sammbricht und die Wöt nächste Woch'n untergeht!

HERR G'SCHEIT: Bitt dich gar schön. Wann mir jetzt olle anfangerten in Erdlöchern wohnen und auf Eseln reiten ... dann tät die Wöt 14 Tag später untergeh ... des zahlt si doch weg'n zwa Woch'n net aus.

Mitschrift 6543

GÄSTIN: Geh, ihr Mannsbülder habt's doch nur eins im Schädel ... und wenn eine Frau sich dann amoi nicht wohlfühlt oder nur so ... nur Zärtlichkeit wü und ein bissel schmusen, dann is aus mit der Liebe bei euch ... eine Frau ist keine Maschine, die kann nicht immer wollen, das ist nur natürlich!

HERR G'SCHEIT: Natürlich sagst du? Natürlich? Huach amoi zua: Es ist in der Natur kein Fall bekannt, dass sich eine ... Stute wegen Kopfweh verweigert hat. Oder eine ... Kuh, die nur kuscheln wü.

Mitschrift 11 041

Fußball-WM 2014, Public Viewing in einem Wirtshaus. USA–
Deutschland. Erst nach der 20. Spielminute stürzt Herr G'scheit
kurzatmig in die Gaststube.

HERR G'SCHEIT: Was steht's?

GAST *gelangweilt:* 0:0

HERR G'SCHEIT: Blöd, die Deutsch'n brauchat'n a Unent-
schieden.

Mitschrift 13 296

HERR G'SCHEIT: Beim Fritsch Ernstl geht gar nichts mehr,
dir sag ich's.

GAST: Geh bitte, der hat doch jetzt a ganz junge Freundin ... des gibt's do net ... des is sogoa a Italienerin, mir
scheint.

HERR G'SCHEIT: A a Italienerin kann mit 'kochte Spaghetti
net Mikado spiel'n.

Bislang letzte Mitschrift 13 457

Ein Gast am Stammtisch entdeckt mein offensichtliches Lau-
schen und Mitschreiben.

GAST: Do schau, der Prokopetz schreibt den Bledsinn mit,
was mir da red'n.

HERR G'SCHEIT *nach einem kurzen, herablassenden Blick:*
Aber geh, so schnö kann der net schreiben.

Stammtisch

Mia wiss'n alles besser,
seit Jahr und Tag und Stund'n.
Mia zeig'n euch, wo der Hammer hängt,
weu mia, mia hab'n eam g'fund'n.
Alle, die net genauso denken,
san arme Idioten,
und a and're Meinung hab'n,
is sowieso verbot'n.

Mia schimpf'n übers Fernseh'n
und übers Hohe Haus.
Mia mochat'n des alles besser,
weu mia kennen si aus.
Weu's ohne uns ka Mehrheit gibt,
is um uns so a Griss,
und weu mia goa so g'scheit san,
bleibt olles so, wie's is.

Mia sitz'n am Stammtisch fast jeden Abend z'samm,
weu mia am Stammtisch die Stammtischhoheit ham.
Mia sitz'n am Stammtisch mit unsern Stammtisch-Witz'n,
weu der Tisch is reserviert
für de,
de was e
ollaweu da sitz'n.

Mia trink'n a paar Kriagl,
das ist Nahrung fürs Gehirn.
Mia lassen uns nichts sagen,
schon goa net irritier'n.
Dass alles net so afoch is,
das hör'n mia goa net gern.
Mia hab'n von nix a Ahnung,
können aber all's erklär'n.

Mia sitz'n am Stammtisch fast jeden Abend z'samm,
weu mia am Stammtisch die Stammtischhoheit ham.
Mia sitz'n am Stammtisch mit unsern Stammtisch-Witz'n,
weu der Tisch is reserviert
für de,
de was e
ollaweu da sitz'n.

Na ja, und so leben wir dahin. Wir kriegen ja nur einen Bruchteil von dem mit, was um uns herum wirklich passiert. Denn: Unser Autopilot, also unser Unterbewusstsein, nimmt in der Sekunde elf Millionen Bit auf und verarbeitet sie.

Unser Pilot, also unser Wachbewusstsein – unser Normalzustand –, nimmt in der Sekunde 75 Bit auf, das entspricht zirka drei bis fünf Buchstaben.

Und viele nicht einmal das!

Elf Millionen Informationen nimmt unser Gehirn pro Sekunde zugleich wahr, aber maximal 40 davon werden uns bewusst.

Was heißt das?

Das heißt, wir sind zu blöd für uns selbst.

Unsere Hardware packt die Software nicht. Oder für Freudianer: Das Ich ist zu blöd für das Es, und dem Über-Ich ist es wurst. Wir sind übermotorisiert, können aber nicht Auto fahren.

Was ist der Mensch?

Der Mensch ist in der biologischen Systematik ein Säugetier aus der Ordnung der Primaten. Er gehört hier zur Unterordnung der Trockennasenaffen. Darum heißt es ja: Der Affe ist das Tier, das dem Menschen am nächsten kommt. Wenn ein Affe sagen könnte: »Ich bin ein Aff'«, wäre er schon ein Mensch.

Ein Mensch mit zirka 70 Kilo reicht gerade einmal für 16 Kannibalen. So gesehen täten sich die zwar an den meisten von uns überfressen, aber sonst?

Wir freuen uns ständig auf etwas, während uns die Zeit davonläuft, weil sie Angst hat, dass wir sie totschlagen.

Wir, das sind noch ein paar Vorkriegscharaktere, Kriegstraumatisierte mit Trümmerweibermentalität, Nachkriegsgeneration, BabyBoomer, Generation X und aktuell: die »Streicher«, die gekonnt von links nach rechts und von oben nach unten und umgekehrt über Displays von Tablets und Smartphones streichen – die Bewegung des dritten Jahrtausends.

Wir essen, trinken, stoffwechseln, sind erwerbstätig und haben Sex. Es sei denn, wir sind katholische Geistliche, leben im Zölibat und halten uns auch daran. Oder wir sind Puritaner und finden Sex sündhaft. Oder wir leben im 19. Jahrhundert und wissen nicht, was Sex ist – oder wir leben im 21. Jahrhundert und haben keine Lust mehr.

Hinter uns liegt eine Vergangenheit, die uns meist nicht begeistert, und wir zimmern uns eine Vergangenheit, an die zu erinnern sich lohnt. Denn je älter man wird, desto besser war man früher.

So ist unsere Vergangenheit dann meist makellos, unsere Zukunft aussichtsreich und unsere Gegenwart oft lästig.

Zukunft? Gibt's die?

Ja. Aber bitte gleich jetzt!

Wir sprechen nicht einmal mehr in der Zukunft, im *Futurum*, wie wir Humanisten sagen.

Wir sagen nicht: »Das werde ich morgen machen.«

Wir sagen: »Das mache ich morgen.« Kündigen etwas Zukünftiges gleich mit der Gegenwart an.

Ich nenne es *das österreichische Dienstleister-Futurum*.

Wenn zum Beispiel ein Handwerker sagt: »Das mache ich morgen«, dann weiß man, er macht es nie!

Um diesem sprachlichen Paradoxon zu entkommen, weichen viele Dienstleister auf die Floskel aus: »Das machen *wir* schon!«

Sie weisen jede persönliche Verantwortung von sich, indem sie »wir« sagen, einen »Pluralis anonymis« verwenden, und legen sich nicht auf »morgen« oder »übermorgen« fest, sondern auf ein unklares und dehnbares »schon«.

Frägt dann der mündige Kunde nach: »Wann ist ›schon‹?«, so antwortet der geschulte österreichische Dienstleister automatisch: »Heute nicht!«

Das ist so ähnlich, wie wenn man zu einer Eintagsfliege sagt: »Bis morgen.«

» Die Erweiterung des Denkens verdrängt das Gedachte.«
(*Arthur Schopenhauer*)

Wir können immer nur einen Gedanken denken. Um gleichzeitig einen zweiten, einen dritten Parallelgedanken zu denken, sind wir nicht gemacht. Wir können nur sukzessive einen Gedanken nach dem anderen denken. Selbst der Hintergedanke ist nicht gleichzeitig hinter dem im Vordergrund gedachten Gedanken möglich, sondern kommt immer nach, also *hinter* dem vorherigen Gedanken.

Daher ist jeder Gedanke, den wir denken, immer nur der vorletzte, weil danach der nächste Gedanke kommt. Erst wenn dem vorletzten Gedanken kein nächster Gedanke mehr folgt, dann erst ist es naturgemäß der letzte.

Genau so ist es mit dem Sprechen. Wir können im gleichen Moment immer nur ein Wort sagen, nicht zwei oder drei auf einmal, so besoffen können wir gar nicht sein.

Und darum gibt es berühmte vorletzte Worte oder vielmehr Wörter.

Zum Beispiel: »ein«: »Willst du wirklich wissen, was du bist? Du bist ein ... «

Oder: »am«: »Geh, du kannst mich doch am ... «

Wobei »am« in diesem Fall sogar ein vorvorletztes Wort ist.

Oder einfach: »du«: »Was willst, du ... «

Jedes Wort, das wir sagen, ist immer das vorletzte, weil darauf das nächste Wort folgt.

Erst, wenn danach nichts mehr kommt, werden die vorletzten die letzten Worte.

Das Letzte kommt immer zum Schluss.

Wir denken und sprechen chronologisch.

Und wir leben auch so.

In der Chronologie der Hilfszeitwörter der Aussageweise: mögen, können, dürfen, müssen, sollen, wollen, lassen.

Ein Tag mehr, ist ein Tag weniger.
(Hans Dieter Hüsch)

»Der Joesi hat ein neues Buch verfasst! Und wenn ich sage ›neu‹, dann ist das auch so, weil in Buchform hat es das so noch nicht gegeben!« Wolfgang Ambros

60 Jahre Joesi Prokopetz – Grund genug, die besten Black-Outs aus seinen Programmen, wahre Geschichten aus seinem Leben unter Österreichern und die eine oder andere skurrile Begegnung mit ebendieser Spezies in einem Buch zu sammeln.
Egal ob der Kult-Kabarettist Anekdoten zum Besten gibt oder Persönliches offenbart – der Blick für Situationskomik und Satire geht dabei nie verloren.

»Seien wir politisch korrekt: Nennen wir die Dinge nicht beim Namen. Ein hässlicher Mann ist interessant, ein dicker stattlich und selbst dumme Männer kommen noch mit einem urwüchsig davon. Ein hässlicher, dicker Volltrottel, also ein kosmetisch Verschiedener, horizontal Herausgeforderter, anderweitig Begabter, wird uns häufig als ›mein Bärli‹ vorgestellt. Sie sehen also, was man mit Sprache alles anrichten kann.«

....

Joesi Prokopetz

So weit. So komisch.

Ein Leben unter Österreichern
Mit einem Vorwort von Wolfgang Ambros

204 Seiten
ISBN 978-3-85002-799-1
auch als E-Book erhältlich
eISBN 978-3-902862-13-6

Amalthea www.amalthea.at